U0575693

大美中国

天中国——

山河故园

寇洄 ◎著

三环出版社
SANHUAN PUBLISHING HOUSE

图书在版编目（CIP）数据

山河故园 / 寇洵著 . -- 海口 : 三环出版社（海南
）有限公司 , 2024. 9. -- （大美中国）. -- ISBN 978-7-
80773-293-8

Ⅰ. I267

中国国家版本馆 CIP 数据核字第 2024PL3284 号

大美中国　山河故园
DAMEI ZHONGGUO　SHANHE GUYUAN

著　者	寇　洵
责任编辑	劳如兰
责任校对	华传通
装帧设计	吕宜昌
出版发行	三环出版社（海口市金盘开发区建设三横路 2 号）
	邮　编　570216　邮　箱　sanhuanbook@163.com
社　长	王景霞　　**总编辑**　张秋林
印刷装订	三河市同力彩印有限公司
书　号	ISBN 978-7-80773-293-8
印　张	13
字　数	150 千字
版　次	2024 年 9 月第 1 版
印　次	2024 年 9 月第 1 次印刷
开　本	690 mm × 960 mm　1/16
定　价	68.00 元

版权所有，不得翻印、转载，违者必究

如有缺页、破损、倒装等印装质量问题，请寄回本社更换。

联系电话：0898-68602853　0791-86237063

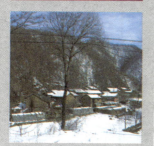

山河故园
Contents 目 录

风过龙门

　　到洛阳不能不去龙门，因为那里有举世闻名的龙门石窟。但凡有点历史常识的人都知道，这是中国三大石窟之一。从小学历史课本上就认识的龙门石窟，小学时的我并没有见过。

　　我真正见到龙门石窟是在读大学的时候，那也是我第一次见到她。

　　中间是河。一条看上去很宽阔的河，但水流量并不很大，水流从河道中间过去，留下了两边的浅滩，上面偶尔能看见一些芦苇，在风中摇曳着洁白的芦絮。河水绿中带点黄，不疾不徐。两岸的堤坝上栽着柳树。柳条垂下来，像女人的秀发。它能和这么闻名的石窟站在一起，自然也应该有一个响亮的名字，可惜我当时并不知道它的名字。不过，这没有关系。我想说的是，就是这条我当时并不知道名字的河流隔开了我和石窟的距离。

　　我是站在河对面看的石窟。我当然也可以离她近点，但当时实在是囊中羞涩。我甚至动过从龙门后山绕过去的念头。这个念头后来被一个在田间干活的人否定了。他直截了当地告诉我，这不可能。事实上，不用他告诉我，当我站在石窟的对面时，自己也感觉我的想法行不通。

　　我没有能够站在石窟面前，这似乎并不妨碍我看到她。她就

在我的对面，隔着一条河，她静静地站在对面的山上。她是一个一个的窟龛，一尊一尊的佛雕，或者是一尊一尊的坐佛，我是说佛坐在那里，如果我看得远的话。我在想，如果她们动起来，那会是一种怎么样的情景。我不敢想象。

隔着一条河，我看了石窟很久。除了那一个个的窟龛，一尊尊的佛雕，我当然也看到了印在历史教科书上的那尊闻名的卢舍那大佛。卢舍那大佛建于唐代，造像内容依据佛教《法华经》。据佛经讲，卢舍那是释迦牟尼的报身像。在佛教中，佛、菩萨本是男性，但是在这里却一反常规，卢舍那完全成为一尊美丽的女神。我当然没有想到，我有一天会见到她。我没有想到她会从我的历史教科书上走到我的生活中。现在，她就站在我的对面。她比我想象的大多了，也高多了。她面带微笑俯视着大地，俯视着众生，也包括我，这个站在河对面，眺望她的人。

请原谅，我无法在这里描述她们多么栩栩如生，她们的神态怎么惟妙惟肖，还有她们的雕工如何精细到纤毫。我不是不想，我和她们中间隔着一条河。路边有出租望远镜的，我来的时候就注意到了。可当有两三个人朝我围过来时，我忽然就打消了这个念头。也许，是他们太过热情的原因。总之，我不再想通过望远镜去看对面了。

我记得那是一个夏天的黄昏，那时候有很好的夕阳。夕阳给石窟罩上一件金黄的外衣，使她们看上去那么辉煌。她们处在光环中，似乎时刻准备着飞升。我的心中忽然就有了一种神圣的感觉。当我面对这些石窟时，我像是在守候圣灵的降临。

那个黄昏应该有风。不，吹过龙门的风，从来就没有停过。它从远古吹到现在，又从现在吹向未来。它把一条河流的背影吹远，把一个时代，把那些雕工的背影吹远。让那些叮叮当当的声音，只在历史深处回响。风继续吹，把那些峭壁唤醒，把那些峭壁上新凿的佛像唤醒，让她们跟着龙门的风一起飞翔。风把她们送上高高的云端，让她们端坐在云端，俯视普天之下的众生。偶尔地，她们也在石壁上小憩。

久久地，我看着她们。从小到大，我从没有见过这么多的石窟，我也从没有见过这么多的佛雕。我被深深地震撼了。我一会儿想起那些开凿这些石窟的人，一会儿又想起那金戈铁马的时代。我恍惚看见那些手执钎子、铁锤的人，那些裸着脊背、挥汗如雨的人。我听到叮叮当当的声音不绝于耳地传来。那边，监工的皮鞭刚刚落下，这边，皇帝的使者已快马而来。

那边，艰苦的雕凿还在继续，这个曾经耗费了无数人精力和心血的浩大工程，前后历时几百年，多少人在这里不眠。这边，这条我当时还不知道名字的河流日夜流淌，它流经龙门石窟的无数个日夜，它在白昼里欢腾，它在黑夜里喧响。它仿佛生来就是伴奏的，伴随着那些叮叮当当的雕凿声，伴随着那些不眠的人。

我在黄昏看见那个雕凿的人，他在劳累了一天后，放下手里的工具，慢慢走到河边。我不知道他有没有看到这条河上的最后一片夕阳。我假想夕阳斜射过来，铺在水中，一定把这条河照得无比美丽。我不知道那个雕凿的人有没有看见。我只看见他映在水里的影子，他那么疲倦。他把自己的身子放在水上，把手伸进水中。我知道他是想洗去手上的石尘。他的手骨节那么粗大，指头看上去却那么灵活。我有时候会觉得，他的手天生就是干雕凿的。只有这样的手，才可能雕凿出那么精美绝伦的佛雕。我有时候希望这样的手多一些，再多一些，我希望他雕凿的多一些，更

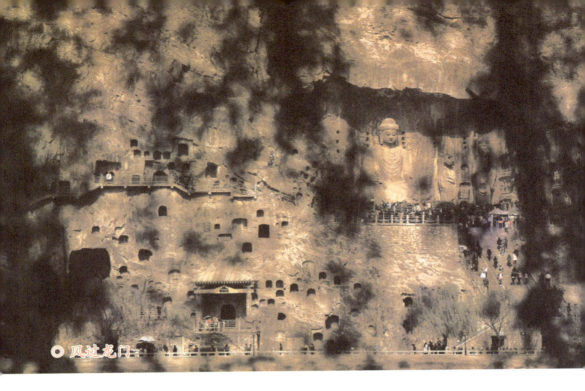

风过龙门

多一些，这样的话，我们就可能看到更多的艺术精品。

那个雕凿的人已经把手放进了水中。他在这条河里洗着他那双我认为很珍贵的手。我看见有些鲜红的血丝冒了出来，又被水流带走。我看着那些被水流带走的血丝。我知道那是他手心里的痂又烂了。我不知道他的手心被磨破了多少次。多少次，他在雕凿时，血水顺着他的手心或手指淌下来。他一定也疼过。但因为种种原因，他忘记了疼痛。他不能不忘记疼痛。他最终忍着疼痛，他也只能忍着。他就那么雕着，凿着。他看到佛在他面前露出了慈悲的表情。他看着佛那双普度众生的眼睛，他也许会在心里想，我这是在干一件多么神圣的事业。他忽然就有了信念。在看到佛像从他手里一点一点显露出来时，他的信念更加强烈。有那么一会儿，他或许想过，我这是在替普天之下的穷苦百姓雕凿心中的佛。

香山居士

到龙门不能不去白园，因为那里是唐代著名诗人白居易的陵园。白居易的名气之大，恐怕没有几个人不知道。这不仅仅是因为白居易写过"离离原上草，一岁一枯荣。野火烧不尽，春风吹又生"。这首诗实在是太出名了，你想不知道都难。

当然，白居易还写过一首《长恨歌》，把一个不爱江山爱美人的皇帝和一个"回眸一笑百媚生，六宫粉黛无颜色"的美人之间的爱情写得荡气回肠，柔媚百转。让世间多少有情人"在天愿作比翼鸟，在地愿为连理枝"。

当然，白居易不仅写过这些，他还写过"犹抱琵琶半遮面"的琵琶女和"满面尘灰烟火色，两鬓苍苍十指黑"的卖炭翁。他的很多诗歌都能为后世传诵。其脍炙人口和被追捧的程度直追李白和杜甫。也难怪，他能和"诗仙""诗圣"并列。但和这哥俩一比，白居易的境遇不知道比这两个人要好多少。白居易几乎一直在做官，虽然中间也有过不顺，但总的来说，官做得还是顺风顺水的，而且做了很大的官。而李白呢，这个人曾经也想过做官，但他不喜欢巴结权贵，不喜欢阿谀奉承，又恃才傲物，依他的性格实在不适合在官场混。他自己显然也意识到这一点了，所以及早隐退江湖，最后乐得个逍遥。再说杜甫。我是这么认为的，杜

甫用一生的实践证明了一个道理——命里有时终须有，命里无时莫强求。我这么说，弄不好就会有人反对。不过，没关系，这只是我个人的理解。杜甫到最后据说是吃东西撑死的，这个未必可靠，毕竟没有人亲眼看见，但他的女儿饿死倒是真的。他好像不少时候都在挨饿，虽然诗写得很好。

白居易晚年隐居在龙门香山，香山居士这个名字就是这么来的。白居易晚年在香山的生活应该是很惬意的。虽然他曾得了风痹之症，肢体酸痛，行走不便，大部分时间需要卧床休息，出入香山也只能"陆乘肩舆水乘舟"。但这毕竟是他快七十岁时的事了。在此之前，他大可以一边喝着小酒，一边听着小曲，兴致高的时候就作几首诗。他有的是这个条件，而不必像杜甫那样过着颠沛流离的生活，弄不好就饿肚子。

这是生前的待遇。生前的待遇已经够悬殊了吧。用我们现

◎ 离离原上草

○金秋

在的话说，同是干这行的，这差距咋就恁大呢？生前差距大也就罢了，这死后的差距也老大了，我们先来看一下。白居易死后葬在白园，白园在龙门西山上。这座山刚好坐落在水口上，前有朝山，中有流水，后有屏障。用白居易自己的话说"洛都四郊山水之胜，龙门首焉，龙门十寺，观游之胜，香山首焉"。风水好自不必说，而且环境幽雅，地势开阔。反观李白和杜甫。李白的最后落脚地，我没有去过，据说是荒野黄泉，很是凄寒。杜甫的落脚地有好几处，究竟哪个更确切一点，现在还在争。我倒是去过一处，就在杜甫故里，看他最后的落脚地，确实挺寒酸的。

白园由于位置好，又毗邻举世闻名的龙门石窟，也沾了不少光。一般到龙门石窟的游客偶尔也会到白园来拜谒一下，有的倒未必全是冲着白居易，估计有一部分人是为着风景而来。游客们

听说，这里高卧着大诗人白居易，架不住好奇，过来看看也是有可能的。而真有像我们这样，跑到白园，又是吟诗，又是祭拜的恐怕不多。除了白氏的宗亲，据说白氏的后人散落在世界各地的很多，逢上宗亲会，他们也会来这里祭拜。与他们不同，我们这些人都在步他的后尘，谁让诗歌的魅力这么大呢！我们来了。就在香山居士的陵寝前，读罢了祭文，在香炉里焚了，看缭绕的烟升腾起来，又散开，好像给老先生报信去了。接着诵诗，还是老先生的诗。这么多年过去了，他的诗还在流传。香山居士地下有知，也该欣慰了。最后，我们还要绕着白园转上几圈，这是在一位我们尊敬的前辈的指点下做的。据说，这样做可以沾上一点香山居士的文气，同时也是对这个伟大诗人的深刻缅怀。

过了不久，我们又来了。这一次，是在一个中秋夜，我们在白园赏月吟诗。一边品尝着桌子上的月饼、水果和美酒，一边听着美妙的古筝弹唱和优美的诗词朗诵，感觉就像在梦里一样。我总共进白园两次，很不巧，都在下雨。我有时候会觉得有点奇怪。不过，这又有什么。那个夜晚，我一直在想，有我们这么多人来陪香山居士过中秋，他一定不会寂寞了。

西行散记

兰　草

我小的时候，常听村里的老人说，红军当年曾从我们这里路过，但没有几个人真正见过红军。那些老人过世以后，就再也没人提起红军了，我也渐渐将这件事忘了，但我却知道我的家乡是革命老区。只是，我从来不知道红军究竟在我们这里留下了什么。后来，我在一本书上看到，红二十五军曾在我们县官坡乡（现官坡镇）兰草街驻扎过。兰草，一个我再熟悉不过的名字，那些年，这个名字常飘在我的耳边。我读书的中学，离兰草街只有几十里的路程。我经常在公路上看到挂着兰草车牌的班车，满载着行人。但我却从来没有到过兰草，一次也没有。

我没有想到有一天会来到兰草，更没有想到同行的还有几位兰草的文友。老孟是我们地区报的总编辑，他是官坡人，对这一带很熟。在路上的时候，老孟就跟我们说，著名的《三大纪律八项注意》，就是从兰草唱出去的。我隐约记得以前好像在书上看过，老孟的话，使我对兰草又添了一份敬意。

兰草这个名字怎么来的，我不太清楚，据说是因为此地盛产

兰草。老实说，我不认识兰草，我也就不知道兰草这地方到底有没有兰草。但我总觉得这个名字起得很好，很有一点诗意。有些时候，我恍惚看见满地的兰草铺满那里的山野。有文献记载，李自成的农民军曾在这一带活动。我就想了，怪不得红军也会选在此地落脚呢。这里居于大山深处，层峦叠嶂，有着天然的屏障，的确是藏兵的好去处。

红二十五军军部就驻扎在兰草中学内，进门是一棵大柳树，树上挂着一个铃铛，锈迹斑斑的，想来是有些年头了。我估计是以前学校用的，只是我没有看到铃铛下垂着的绳子，看来它已经被人遗忘了。我在院子里稍作停留，就去了西厢房。西厢房是红二十五军正副军长的居室，两个房间的陈设一模一样，一张桌

◎ 红二十五军军部旧址

子，一把椅子，外加一张床。屋里打扫得很干净，刷得雪白的墙上用镜框挂着两个人的照片。我拍了几张照片，走到东厢房。东厢房北边是政委的居室。南边一间屋子摆放着我们祖先用过的耧、耙、碌碡、纺车、木桶、瓢等工具。这些东西，我小时候在村里也曾见过，但后来慢慢地都消失了。现在忽然又在这里看到，让我觉得倍感亲切。正房里陈列着一些文献资料，因为时间关系，我没有一一去看。

据说，红军曾有意在此长驻，但因土匪和地方治安团相互勾结，经常进行骚扰，无奈之下，只好转移。红军从鄂豫皖革命根据地，一路转战到豫西卢氏，在卢氏的崇山峻岭间奔走，后于兰草一隅驻军休整，给这一方山河播下了革命的火种。卢氏的青山秀水不会忘记，当年红军曾经来过。

兰草中学的校园里，同学们三三两两地来回走动着，我听不清他们都说些什么，但我总觉得他们是幸福的，因为他们脚下站着的，是一片红色的土地。

庾　岭

庾岭是一个小镇，属丹凤县。那天，我们在小镇停车吃饭。我沿着街道往前走，看到一座老房子，门楣上方的门板上挂着三块红色的标牌，中间一块上写：中共鄂豫皖省委第十八次常委会议遗址。我来了兴趣，走进去。一间只有几平方米的屋子，一直通到后院，墙上有一些照片、文字资料。我粗粗浏览了一遍，以为后面还有，就跨过门槛，老孟已经先我一步进去了。门后有一

把椅子，老孟就势坐了上去。我探头朝院里看了一眼，看见西边一间屋子，像是厨房，一个年轻女子正在里面忙活，一个中年男人站在地上。看见我们，中年男人就走了过来。我和老孟又退了出来，走到一个饭店门口。那男的跟着也过来了，招呼我们到他家去，说是要给我们做饭。我们客套了一番，他又往回走。碰见我们同行的老杨，他又停了下来。一会儿老杨过来说，那个男的真有意思，跟我说，他媳妇在家里包饺子，让我到他家去。自此，我感到了庾岭人的热情和朴实。

饭店门口摆着一把躺椅，坐着一个老人。老孟过去问他岁数。回答说，八十一。老孟又问，记得庾家河战斗吗？老人扬手指了指镇背后的山，说，就那上面，怎么不记得，那时候我已经几岁了。旁边过来一个穿西服的男人和老人闲侃起来，老人似乎来了劲，慢慢回忆起了那场战斗。说实话，在此之前，我根本不知道这场战斗，也没有听说过庾家河这个地方。不过，从他们的谈话中，我隐约能感觉到这场战斗的不同凡响。我是后来才知道，庾家河战斗是红二十五军历史上著名的战斗。红二十五军的正副军长以及政委都在战斗中身负重伤，由此可见，这场战斗的激烈程度。老人说，山上建有纪念亭，你们从上面下来的时候应该能看到。遗憾的是，我没看到。如果有时间，我倒真想去凭吊一下。

饭店对面也是一家饭店，与我们所在饭店不同的是，那家饭店是一座老式的木板房，瓦缝里长满了绿苔，很有一些古意。门楣上方的横幅上写着"顺发饭店"四个字，字是用红油漆刷下的。我问一个过路人，这饭店有些年头了吧，他说，有二三十年了吧。

顺发饭店门口的一张小桌子上用灰布盖着一摞锅盔。一会儿，过来一个拉架子车的中年妇女，车上躺着一个白发苍苍的老太太，被子裹得只露出头。那中年妇女把架子车停在饭店门口，到店里买了一块锅盔，递给车上的老太太，又拉着架子车朝镇那头而去，老太太就把那锅盔咬在了嘴里。同行的老张说，那么大岁数了，还能咬动。旁边一个人说，刚出院，估计病好了。不知怎么，看了这一幕，我总觉得有点心酸。

◎ 小镇上的饭店

我们吃完饭，原先的那个男人又过来了。我们站着说了一会儿话，他仍然坚持要我们上他家。我说，你这房子历史可真够悠久的。他说，这些年，要不是红军的后人每年给一点维修费，早就塌了。老杨说，你的子女可以跟着沾红军的光了。男人说，我小孩现在才六岁。他又说起他媳妇，我想起刚才在他屋里见到的那个年轻女子，我开始还以为是她女儿。

站在小镇上，我总觉得红军还没有走远。小镇背后就是庚家岭，我仿佛又听到了岭上传来的激烈的枪声。

贾塬村

　　贾塬村是著名作家贾平凹的出生地。一直以来，我就对贾平凹故居充满了好奇，总想去看看，却一直没有机会。这次机缘凑巧，总觉得是了却了一个心愿。

　　贾塬村给我的感觉大大出乎我的想象，这是一个再平凡不过的村庄，我相信，在丹凤这样的村庄应该随处可见。

　　我们坐的车驶进贾塬村，问了一个路人，知道平凹家就在附近。停下车，顺一条土路上去，面前是一条小巷子，再往里走没

○ 贾源村外

© 贾平凹故居

多远，向左一折，就到了平凹家门口。

　　平凹家木门紧闭，一把锁将我们挡在了外面。门前有一棵两杈柿树，叫什么"馍魁"。门上，不知道是哪个淘气的学生，用红粉笔写着"贾平凹老宅"五个歪歪扭扭的大字。我们进不去，只能站在门口拍几张照。同行的老杨把相机塞进门缝，拍下了院子里的情景。老孟跑到前院，找来了平凹的二哥太庆。平凹的三哥太文也跟着过来了。太庆把我们领到他家，拿出他们弟兄的合影以及平凹和全家人的合影给我们看。太庆以前是老师，他听说老孟是官坡人，他说："我去过官坡。"其实，官坡和丹凤只一岭之隔，早些时候，两地人走动是很频繁的。听老孟说，那时候许多丹凤人经常成群结队地到官坡镇赶集。

　　太庆和太文领我们在村里转了一圈。出巷口，看见几个老人背着竹背篓往下走，我感到好奇，接连抓拍了几张，那些老人见我拿出相机，一个个回过头来，露出憨厚的笑容。我们那里的人都用肩挑东西，没想到丹凤人用背篓背东西，这可能是丹凤与我们那里最大的不同。路过一个宅院，太庆指着说，这就是刘高兴的家。刘高兴是平凹新作《高兴》里的主人公，我前不久刚拿到这本书，还没有来得及看完，我没有想到现实中还真有刘高兴这么个人。刘高兴家依然是门窗紧闭，我站在院墙外，往院里看了一眼，看见一棵柿树，树上挂着一些红柿子。旁边瓜秧、豆角秧还有西红柿秧在搭起的架子上恣意攀缘，整个小院显得凌乱不堪，像是荒废了许久。问过太庆，说，刘高兴现在在西安城里卖煤。

太庆把我们领到一个院子里，指着左手一间小房子说，平凹当年就出生在这个地方。我看了，觉得与别的地方也没有什么不同。我曾看过一篇文章说，平凹出生的房屋正对着魁星楼，乡里人就传说他是魁星点出的"文曲星"，我就一心想看看传说中的魁星楼。只可惜，魁星楼已经倒塌，连同魁星楼一块消失的还有清风街，那条在平凹作品中多次出现的街道我并没有看到，太庆手指的地方现在是一片玉米地，地里随处可见拢起的玉米秆，还有一些未来得及砍割的玉米秆孤零零地站在秋日的田野里。远处是连绵起伏的群山，影影绰绰的，太庆说，笔架山就在对面，但由于雾太大，看不清楚。我们折进二郎庙，沿着甬道往里走，迎面是两个庙堂，飞檐斗拱，古意盎然。据讲解员说，这庙有近800年的历史，融合了金汉建筑的特色，为金汉艺术之合璧。我注意到院子里有几棵木瓜树，挂着不少木瓜，我有很多年没见过这种东西了，我的眼睛就在那时候亮了一下。

出二郎庙，天已经快黑了。我在暮色中，看见一条高速公路远远地伸了过来。据说，县里正计划在二郎庙前建造"贾平凹文学艺术苑"。

丹　凤

我最早听说丹凤是因为贾平凹，我在看他书的时候，一下子就记住了这个名字。我那时候就想，有一天我要到丹凤去看看。很多年里，我一直以为这一天遥遥无期，没想到我这么快就站在了丹凤的土地上。

我们那里有人到过丹凤。我曾听村里一个老人说，1958 年大炼钢铁，他们曾到丹凤去担一种炼钢用的石头。我不知道那是一种什么样的石头，我只是觉得不可思议。那时候没有通公路，从我们那里到丹凤要翻山越岭，来回也有一二百里。老人说，他们一担能挑六七十斤，我无法想象他们是怎样把石头挑回来的。那时候的人太了不起了。

以后的日子，我常常想起我进入丹凤县城的那个夜晚。那时候，天已经黑了，丹凤的街道被灯火照得通明。我就在那通明的灯火里一路走过去。我走过了一条条陌生的街道，与一个个陌生人擦肩而过，最后在一个招待所登记下来。之后，我和同行的人到街上吃饭。在一个人声嘈杂的饮食市场，我们围坐在一张矮桌前品尝当地的小吃。琳琅满目的小吃，惹得我食欲大增。我清楚地记得，那顿饭我吃得很香。

饭后，我们沿着街道散步，直到走累了，才依依不舍地回

○ 背背篓的丹凤人

到招待所。我们几个人都是第一次到丹凤，同行的老孟说，印象里，丹凤很穷，现在看来并非如此。我们那个小县城一到晚上 9 点，街上就没什么人了。而丹凤这时候还有不少人来来往往。遇到几个在灯下摆象棋的，老孟说，丹凤的文化氛围比我们那里浓厚。到了招待所，一看时间还早，我又一个人走到街上。我也不知道该去哪里，只是漫无目的地往前走，后来，我看到路两边的店铺纷纷开始打烊，才又回到招待所。

早上，我们又来到昨天晚上那个饮食市场。清晨的饮食市场，人群熙熙攘攘，食客的说笑声与小贩的吆喝声混合在一起，显得异常热闹。我一直都很喜欢糁子饭，在老家的时候，差不多每天都要吃一顿，离家以后，就很难再吃到。我没想到会在这里碰到糁子饭，这让我胃口大开。更令我没有想到的是，还有浆水菜。这种我小时候吃过，至今仍在回味的菜，我已经有很多年没有吃过了。别说吃，连见都没见过。现在一下子又在这里看到，我恍惚又回到了童年。我的眼前不断地闪过，小小的我，倚着一扇破旧的木门，看母亲腌菜的情景。

我的旁边是一个老太太，穿一件灰布衣衫，捧着一大碗黏稠的红豆糁子饭，正往口中送，我抬头的时候，看见了她的白发，我的眼前又一下子闪过母亲。对面是一个中年妇女，她的面前也摆着一碗同样的糁子饭，她那刚刚会拿筷子的孩子，正把筷子艰难地伸向那一碟浆水菜。她每吃一口饭，都要扭头看一眼孩子。我看着，忽然想起小时候，母亲也是这样看我。

我们就要离开丹凤了，站在城市的广场上，我忽然看到了城背后的山，问了路人，才知道是凤冠山。我们没有时间去登山了，我就把目光一次次地投过去……

洛　南

在老家的时候，我经常在公路上看到洛南发往我们县城的班车，但我从来没有到过洛南。在我的感觉里，那是一个很远的地方。班车里的人都昏昏欲睡，这更加深了我的感觉，因为短途的乘客一般是不会在车上睡觉的。

我是后来才知道，洛南到我们那里不算太远也不算太近，主要是山路难行。从我们县到洛南，中间有很长一段是崎岖的山路，路窄不说，又被山洪冲得坑坑洼洼。走在这条路上，开车的师傅不得不全神贯注，两眼死死地盯着前方。

◎ 路过洛南

　　我是第一次到洛南，可以说，在此之前，我对它的一切都不了解。我这么说可能有点不对，实际上，包括现在，我对它仍然不了解。我只知道它是藏在深山里的一个县，和我们县差不多。我只知道它的周围是连绵的群山，逶迤而来，又逶迤而去。

　　我同行的老孟年轻时曾在洛南八里桥的陶瓷厂待过一段时间，他后来又来过，对洛南应该说有很深的感情。在车上，老孟跟我们说，他在陶瓷厂时年龄很小，厂里的大姐们经常拿他和一个刚进厂的姑娘打趣，说要给他介绍媳妇。那姑娘听了，脸就红了。一来二去，那姑娘竟也默认了。遗憾的是，老孟不久就离开了陶瓷厂，从此，与那姑娘天各一方。老孟肯定也曾觉得惋惜，肯定不止一次回忆过那段美好的时光。老孟后来又故地重游，然而已物是人非，我想那时候的老孟，心里一定是惆怅的。老孟这一说不打紧，大家都笑了，同行的老杨和老张又开始打趣，纷纷给老孟出主意，建议老孟"重续前缘"。老孟呢，也乐了。我估计老孟也有这想法，只可惜他连人家名字都不知道。

　　我一直觉得，对于洛南，我不可能知道得更多。我只是它的一个过客。我记得后来的时间，老孟把车停在洛南县的一条路上。那条路旁边紧邻着护城河，河对面是林立的店铺，店铺上方竖着高大的广告牌。我和老孟、老张沿着那条路往前走，路过洛南汽车站，老张看见了汽车站墙上的地图，我们又一起过去看了一会儿。完了，我们穿过汽车站，走到了后面的老街上。老街要比我们刚才走的街窄多了，但人却多，挤着不少小贩。我们继续往前走，到一个丁字路口往北，到一个大酒店里解了个手。出来后，看到一个广场，我就上去了。广场北边是县委大楼。老孟说，县委挺会选地方的。我知道，老孟一定是觉得这里的地势比较好，而且显然是请高人看过的。我往南边看了一眼，南边像是一个土山，横亘着，山顶有一尊高大的塑像。我的好奇心顿时来了。广场边坐着一个老头，我过去问他，他说，那是仓颉的塑像。老孟说，仓颉是这里人？老头说，他曾路过这里。我最后朝那儿看了一眼，就下了台阶。

陈　耳

后来的日子，我经常会想起我在陕南路过的一个小镇。小镇有一个很奇怪的名字，叫陈耳。我不知道这个名字怎么来的，但

◎ 进出小镇的路

◎ 进出小镇的路

　　我一下子就记住了它。小镇很小，南北宽不过百米，东西长也不过二百米。我一直觉得，那可能是我见过的最小的一个镇。

　　我至今记得我刚进入小镇时的情景。小镇上静悄悄的，偶尔能看到一两个人，慢悠悠地从街中间过去。我不知道镇上的人都到哪里去了。有那么一会儿，我甚至怀疑这是不是一个镇。我印象中的小镇，人虽然说不是很多，但也绝不至于少到这种程度。实际上，我的怀疑是多余的，因为我很快就看到了镇政府大院，在小镇的西北角藏着。

　　我们本意是在小镇吃饭的，转了一圈，却只看到一家营业的饭馆。饭馆正对大街，外面的墙壁上画着一个长方形的方框，方框里写着"新兴饭馆"四个字，后两个字很大，看起来特别醒目。

◎ 小镇只有一家饭店

墙壁临近地面的地方，白灰剥落了一大片，露出了里面的土坯。如果不是看到墙上的几个字，我很难相信这会是一家饭馆。饭馆不大，一共只有两间。外间摆着一张能坐四人的方桌，右边靠墙的地方立着一台冰箱，最里面的墙角摆着一台电视机；里间稍小的是厨房，我探头朝里面看了一眼，一男一女正在里面忙活。

饭馆的后门出来也是一条街，与前门正对着那条街不同的是没有铺水泥，路面上露着不少小石子。我看见背阴的地方长满了草，我就知道平时这条路上没有多少人走。这条街两边有不少老房子，很多墙面都已剥蚀，屋顶的瓦缝里随处可见已经枯黄的狗尾巴草，在秋风中摇曳着，我在街上站了一会儿。后来，我看见老杨从街那头抱了一个孩子过来，后面跟着孩子的母亲，一个和

我年龄不相上下，有着白皙面孔的女人。据年轻母亲讲，镇的西北边有一座金矿，离这儿不远。镇上一般没什么人吃饭，只有矿上的工人路过时，才会停下来吃顿饭。年轻母亲说这话的时候，我就朝西北边望去。我希望能在那个方向看到矿区，事实上，我不可能看到，但我总觉得矿区就在我的眼前。我一会儿看到背矿的工人，一会儿又看到运矿石的卡车。我曾跟父母在一座金矿上待过两年，对矿区应该说很熟悉。离开矿区以后，我经常会想起在那儿的生活。

　　我们吃完饭就离开了那儿，但不知怎么，我总也忘不了那个小镇。

虢州散记

千年枣林

到灵宝后地，我最难忘的是那里的枣树。我对枣树并不陌生，在我们老家也有不少枣树，但大都分散长着，鲜有成林的。我第一次见到成片的枣树是在内黄，那是一片很大的枣林，在此之前，我从没有见过那么大的枣林，也从没有见过那么多的枣树，我一度以为那会是我见过的最大一片枣林，但很快我就在灵宝后地见到了另一片枣林，我没有想到它比我在内黄见到的还要大。枣林里有一处瞭望台，站在台上往下看，眼前简直就是枣树的海洋。

以前，我从不知道灵宝还有这么大一片枣林。但对灵宝大枣我并不陌生，我老家紧挨着灵宝，小时候我不止一次尝过灵宝大枣。印象中，灵宝大枣核小味甜，果实大不说，颜色也特别红，这在别的地方是不多见的。那时候，我只知道灵宝有枣树，却从未想过去枣林里看看。当地人告诉我，后地枣林有几百甚至近千年的历史，这是我远远没有想到的。

我们在一个下午进入枣林，同行的当地人让我们猜枣树的年

◎ 在后地枣林

　　龄，这一下子难住了很多人，因为大家一下子实在是看不出枣树的年龄。这些树大都差不多，树皮呈灰色，表面很粗糙，布满了小沟壑，像是流水冲刷的痕迹。树干虽不高，但枝叶一般都很茂盛，或直或曲，每个树枝上都缀满了绿叶。有个别快朽的树枝，但并没有死掉，又从身上抽出新的嫩枝来。我们猜不出树的年龄，当地人也不能准确地说出树的年龄，只能估摸着说。但当地人说出的年龄，往往超出我们预想。

　　枣林中间有一条路，恰好能通过一辆汽车。我不知道这条路是不是在枣林的正中间，沿路往前走，只要一伸手，就能够到路边伸过来的大枣。现在是秋天，正是大枣成熟的季节，大部分枣都红了，像一颗颗红玛瑙，在秋日的阳光下熠熠闪光。另有一些枣绿着，像翡翠一样惹人爱怜。我知道不久之后，它们也将变红。枣林里不时可见打枣的当地村民，他们随身带着口袋，打满一袋后扛到路上，再用小三轮送回去。林中还有一片自摘区，只要交了钱就可以自由采摘。管理员会给我们每人发一个塑料袋，拿着这个塑料袋，你就可以到枣林里自由采摘，看上哪个摘哪个，能够吃到自己亲手摘的枣，那感觉比买来的要美好得多。

枣林北边是黄河，再远处是中条山。枣林里全是沙土，可以想见是黄河冲积的结果。听说附近还有一条弘农涧河，但我没有看到。很多时候，我都无法想象，就在这片贫瘠的沙土上，这些枣树竟能屹立几百甚至近千年而不倒，这不能不让人惊叹。

在陕之塬

塬在字典上的解释，是我国西北高原地区因流水冲刷而形成的一种地貌，呈台状，四周陡峭，顶上平坦。

我一直都喜欢塬，也一直想去塬上看看。在没有去塬上之前，我的脑海里经常会闪过它的影子。偶尔地，我也会看见一个老农从塬上走来，黑瘦的脸膛，岁月在他脸上留下深深浅浅的沟壑。

借回三门峡的机会，我约了三个朋友，驱车前往塬上。车从市区出来，沿一条国道，慢慢上到盘山路上。一路上，我的心都兴奋着。路两边是高高低低的丘陵，在厚厚的黄土切面上，偶尔能看到几棵酸枣树，倔强地挺立着。丘陵呈缓坡往上走，表面被一些绿色植物覆盖着。从窗外吹来的风又清新又凉爽，让人忍不住想猛吸一阵。

◎ 陕塬

　　我们的车在盘山路上拐了几个弯，慢慢上到塬顶，眼前忽然出现一大片宽阔的平地，一眼望不到边。平地上种满了果树，有苹果，也有杏。在苹果树和杏树后隐约透出一排排房屋。房屋排列得很不规则，门的朝向也不大一致，唯独墙，都是土坯墙。这里鲜见楼房，依我看，土坯墙最适合这里，它们与塬上厚厚的黄土形成天然的呼应。

　　塬上的土厚。土厚的地方最适宜人的生存，因为土厚的地方庄稼长得好。从这点说，塬上绝对是个好地方。住在塬上的人们，因为有厚厚的黄土滋养，虽然过得清贫，但也安康。

　　站在塬上，脚踩着厚厚的黄土，我经常会想起那里生活的人们。我想起他们世世代代生活在这里，过着面朝黄土背朝天的日子。我想起他们在烈日下的挥汗如雨，在大雁南飞时的深深凝望，在高远蓝天下的孤单渺小。我想起他们在那些土坯房里进进出出，扛着镢头，有时候是锄，一次次走向他们的田地。他们从自己的青年，走到老年。然后是他们的儿子、孙子，接着往下走。很多年里，他们的祖父、父亲看到的日出日落，他们的儿子、孙子也会看到。多少年过去了，多少次日出和日落。

　　我很想站在塬上看一次日出或日落，我想，那景象一定很壮

◎ 塬上的小路

◎ 塬上的麦子熟了

观。可惜，我们来的不是时候。

车从一大片果林中间穿过的时候，我一次次回头去看树上的青苹果。同行的小马一直跃跃欲试要下去偷几个。关于偷摘苹果，我们小时候都有过这样的经历，总觉得偷来的苹果香。我知道小马可能是想起了小时候，但我们没有满足他这个小小的愿望。他反复说了两次，我们都无动于衷，他就只好作罢。

沿一条土路往塬顶走，旁边有一块麦地，现在正是麦子黄熟的时候，一大片麦子整整齐齐地站在土地上，挺着饱满的头，细细的麦芒根根直竖着，小心翼翼地呵护着成熟的麦穗。麦地旁边是一块豆地，豆子长得稀稀拉拉的。天旱很长一段时间了，土地上尽是干硬的土坷垃。看到那些干硬的土坷垃，我仿佛看到了庄

◎ 麦浪

稼人焦渴的眼神。

有一片玉米地，玉米差不多一尺来高，叶子微微向下垂着，中间还夹杂种着些土豆。玉米地在我们来之前刚被翻过，满地滚的都是硬邦邦的土坷垃。我从玉米地中间走过去，我感觉我的每一步都踩在庄稼人的脚印上。我知道这里的每一片土地上都留有他们的脚印，每一个脚印里也都留有他们的汗水。我的汗水没有滴下来，但我在心里替他们滴了一次又一次。

站在塬顶往下看，眼前是一道深深的沟壑，沟两边密生着植物，蓊蓊郁郁的，看不见底。往远处看，莽莽苍苍的，只能看到一些高低起伏的丘陵，一直延伸到天边。偶尔，也能看到一些散落的村庄，零零星星地镶嵌在塬上。沟壑里不时地传出鸟鸣声，叫声清脆悦耳，却看不到鸟儿。

塬上有一棵柿树，孤零零地长在塬边上，像一个守望者。我过去站在树下，让朋友帮我拍了一张照。往回走的时候，我回头看了它几次。它在塬上显得那么突兀。

我们想从塬上步行到山下，但路不好走，只好又顺原路折回来，坐车到了山下。

◎ 塬上的窑洞

地坑院内

很多年前，那时候我一个朋友还在张村乡政府上班，我有一次去看他，他带我去看了地坑院。

那是我第一次见到地坑院。那时候，我还不知道房屋可以建在地下。当时，我们就站在地坑院上面。看着那一孔孔青砖砌了门楼的窑洞，木格窗户上色彩鲜艳的剪纸，木门上的门神，打扫得干干净净的天井，窝在墙角懒洋洋地晒太阳的小猫，在窑洞里进进出出的俏丽女子，我怎么也不敢相信眼前的情景。后来很多年，那情景一直印在我的脑海里。

　　我记得那天，我们在地坑院上面站了一会儿就走了。我后来一直觉得遗憾的是，我当时竟然没有想过要下去看看。

　　最近一次去地坑院是一个秋天，因为要创作一个电视剧，我和几个朋友一起到地坑院采风。我们去的那天，电影《地坑院》正在那里拍摄。从一个小门跨过去，眼前是一片开阔的平地，平地上聚集着很多人，有剧组的工作人员，也有围着看热闹的平头百姓。那天拍的是娶亲的戏。我看到一个老爷们骑在一头瘦驴上前去迎亲。那头驴，据剧组的工作人员说，是花了高价从卢氏找来的。我本能地感到那是一头幸运的驴，这头驴就要上镜了。在地坑院上，它出奇地温驯。

　　当然，我不是来看驴的，更不是来看拍戏的。所以，我就转到一个地坑院边。这是一个荒废已久的地坑院，天井里孤零零地长着一棵梨树，树上挂着稀稀拉拉几片叶子。旁边的一孔窑洞土塌了下来，堵了半个门，其他几孔窑洞则灰头土脸的，整个地坑院显得既凄凉又萧瑟。我的心里也跟着生起一股凄凉。旁边的菜地边，有一个头发花白的老太太在那里除草，我走过去问她，这院有多久没人住了？她喃喃地说，有些日子了。因为没有人管，都塌得不成样子。我听得出来，她的语气里隐隐带着一点惋惜。

　　我转身走到旁边一个地坑院边，让我没有想到的是，这个院比我刚才见到的院更惨不忍睹。在这个地坑院内，几乎所有的窑洞都伤痕累累，坍塌下来的土把窑洞堵得只剩黑黢黢一个小洞口。再看地坑院上边，还有两条很大的裂缝，看来那两块土也随时可能塌下去。如果它们也塌下去，那这个院可能就要被埋了。

　　站在地坑院上，我忽然想起从前在这里生活的人，我不知道他们现在都去了哪里。他们走了，却把一个好好的地坑院留在了这

© 陕州公园

里，让它经受着凄风苦雨。终于，它再也支撑不下去，倒了下来。

离这个地坑院不远的另外一个院内，两个男人正在那里脱坯。这个院内也有一孔窑洞塌了一角，那两个男人可能想把它补起来。他们很卖力地在那里干着，和泥，搬坯。对面的一排窑洞，看样子里面还住着人。因为有人住，所以，这个院内也就有了生气。

还有一个地坑院被剧组布置了来拍一场婚礼戏。地坑院内所有窑洞的窗户上都贴满了大红的剪纸和福字，天井里排满了八仙桌，每个桌子上都摆着四个黑色的粗瓷大碗，里面盛着满满的花生、红枣。天井东边的地上摆着一溜酒罐，外面还特意贴了一个斗大的酒字；西边有一溜儿泥砌的锅台，一口大锅里盛着切好的白菜、萝卜，另一口大锅像是用来下锅子的，旁边的案板上已经准备好了揉好的油条。我从别的地方转回来的时候，主要演员和群众演员已经在院子里就座，导演正在地坑院上边指挥，看来一切就绪后，就要开拍了。看着地坑院内那热热闹闹的场景，我忽然觉得这才应该是我心中的地坑院。

我们离开的时候，剧组的工作人员还在那里忙碌着，整个地坑院，因为他们的到来，一下子显得热闹非凡。

陕州公园

每次回三门峡，只要有机会，我都会到陕州公园里去走一走。这次回来，也不例外。

那天，是一个阴天，天空压得很低，多少让人觉得有点憋

◎ 公园里的树林

闷。我们几个朋友，在公园门口下了车，信步往里走。身边是高大的松树，树枝垂下来，差不多要擦着人的头顶，遇到它，我们只能躲着走。但它并不讨厌。当我看到它粗大的树干，灰褐色的树皮，马上就会想到沧桑。我经常会想，有一天，我们也会变得像它一样沧桑。再往前走，我就看见了高耸的宝轮寺塔。它高高地矗在公园里，从我站的地方，只能看见半截塔身。我上一次来是晴天，塔身沐浴在灿烂的阳光里，金光灿灿的，给人一种神圣之感。因为天气的原因，今天，我觉得它在我眼里变得有点冷硬。路过一片草地，我看见很多男男女女聚集在那里，有站着，也有围坐的，在一起说笑。也有年轻的母亲，在逗引年幼的孩子。草地上，不时地传来欢声笑语。

公园里还有一些小吃店，散布在路边，卖些地方上的吃食。桌椅都摆在外面，有时候还紧靠着一两棵白杨树。夏天的一个深夜，我曾和一个朋友坐在那里喝啤酒，就着清风明月，那感觉想来很是让人难忘。

沿一道斜坡下去，路边站着几匹高头大马，膘肥体壮的。牵马的汉子，皮肤一律都有点黑，衣服穿得随随便便，眼睛紧盯着路人，看见有人朝这边看过来，不失时机地搭讪两句。也有的人，过去骑了马，绕着下面的柳树林跑上一圈两圈。柳树林旁边那条路，就成了马路，被马蹄踏得尘土飞扬。

我们面前是一片田地，地里种着大豆，地中间被人踩出来一条路，不算宽，但也绝不窄。顺着这条路，一直往北走，没走多远，就可以看见黄河。黄河水在无声地流淌，不断冲刷着我们脚下的土地。大块的黄土塌下去，被水流带走，就像在土地的心窝里掏出去一块。我不知道土地会不会疼，我看到那缺了一大块，我的心里就隐隐有些疼。

隔河望见山西。那里也有一大片开阔的土地，地里也种着庄稼，但我看不清是什么，想必也是大豆吧。后面，远远的，一山横卧。我经常会想那山后的世界，那里有一棵大槐树，很多年里，我一直想到那里去看一看，看看祖先们生活过的地方。

往回走的时候，我看见一个水洼里泊着几条大船。它们被人冷落在此很久了，好像我前几次来的时候，它们就已经在这里了。我有时候会想，船只有游在水上，才能称为船。我不知道，这些船什么时候才能够重新回到水上。

然后，就看见了天鹅湖。湖水好像浅了不少，在一块伸到湖心的小岛边，有几只白天鹅浮在水上，旁边还有一群鸭子，有二三十只的样子，也都浮在水里。我们要过到对面，顺着湖边往对岸走的时候，又看见十几只白天鹅在湖边的浅滩上，或站或卧，有伸脖子的，有张翅膀的，也有情侣亲昵的。它们惹得我们纷纷停下脚步，把目光投到它们身上。哦，这些美丽而可爱的精灵。

我们渐渐忘记了时间，只顾着去看白天鹅。也不知道过了多久，我们才想着离开。离冬天还远，我没有见到成千上万的白天鹅。我闭上眼睛，就能想象到它们归来的情景。

湖对岸有一条木栈道，两边长着比人还高很多的芭蕉，蒲扇般的叶子，红色的花，看上去格外美丽。走完栈道，再上一条斜坡，就可以上到山顶的牡丹园里。穿过牡丹园，就到了"迎祥阁"。

"迎祥阁"是刚建的，当然也就没什么名气。但是，站在这里望黄河，却不失是一个绝佳的地方。是的，黄河就在它脚下，它从很远的地方来，它在前面拐了一个弯，流到"迎祥阁"

下。从此以后，"迎祥阁"便日日夜夜守望着黄河，多少年都不会变。

风中的芦苇

再到三门峡黄河湿地公园是冬天。顺着木栈道往下走，大老远，我就看见了一片芦苇滩。那是一个温暖的午后，有风，芦苇随风摆动。

阳光从远处照了过来，落在芦苇上，芦苇就被照亮了。一大片芦苇，就沐在了金黄的阳光下。看上去，有一种神圣之感。后

◎风中的芦苇

来起风了，芦苇就带着那些阳光摇摆。

芦苇摇摆着，芦穗也跟着摇摆。洁白的芦穗，在风中轻轻摆动。它们商量好似的，朝着一个方向，它们的动作那么优美，又那么轻。

我听见了鸟叫，我确信有不少鸟儿就藏在那些芦苇丛中，但是我还没有看到它们。芦苇滩后边就是水面，湖水清澈幽蓝，微风拂过，水面就涌起了波纹。

浅滩边的空地上不知道什么时候站了一只鸟，毛色很是华丽，但我叫不出它的名字。我没有看到它是从哪儿飞出来的，好像它一直就在那儿，又或者它刚刚从芦苇丛中出来。它站在那儿，什么也没做，过了一会儿，又忽然飞走了。

旁边的浅滩边，有一块突出的石头。石头上不知道什么时候也站了一只鸟。这是一只白色的大鸟，体形瘦长。它浑身上下没有一点杂色，白得那么纯粹。它又是那么美丽，美丽而高贵。我久久地看着它，生怕一转眼它就飞走了。它也是在那儿站了一会儿，什么也没有做，过了一会儿，又忽然飞走了。

那只白色的大鸟飞走后，我又去看那些芦苇。这次，我透过芦苇看到了远处的山顶。那是一个丘陵，有一段伸到了黄河边，能看到黄土的切面。山顶上有一亭，雕梁画栋，看上去很美。它站得那么高。我继续透过摇摆的芦穗看它，它似乎也开始了摇摆。

芦苇滩旁边是木栈道，木栈道那么干净，每一块木板咬合得那么紧。木栈道靠近土山的一段有不少杨树，都光秃秃的。阳光照过来的时候，它们的影子就投到了木栈道上。我再去木栈道上看它们的影子，那一根根的枝条，像是画在栈道上的，它们切割着木栈道上的阳光。这时，木栈道上就有了斑驳的感觉。我踩着

那些斑驳的阳光往前走的时候，又一次看到了摇摆的芦苇。

那么大的一片芦苇滩，我忽然就想起夏天的时候，那时候，它们是多么翠绿。它们不顾一切，疯狂地往上长着，它们恨不得把身后的湖面遮住。仿佛它们只是摇摆了一下，夏天就过去了。我就又看到了那些正在渐渐西斜的阳光，仿佛芦苇只是摇摆了一下，那些阳光就开始西斜。它们西斜着，一点点收起自己的光线。等那些金黄的光线全部抽走，芦苇丛一下变得幽暗起来。风忽然就大了。风大的时候，我看见它们依然那样挺立、摇摆着。

© 豫坡酒厂

西平杂记

酒 厂

　　酒厂在西平老王坡，酒的名字叫豫坡。豫坡酒的历史不算短，但知名度并不算高。我是常喝酒的，但在来西平之前，我并不知道豫坡。

　　我们被带到了车间，这是我第一次进酒厂的车间。我的面前有一百多个发酵坑，空气中弥漫着一股发酵味。进门靠右有一

个加工器，据厂里的工程师讲，发酵好的酒糟要经过它才能酿成酒。

我在发酵坑边站了一会儿，听工程师给我讲什么老基酒。他告诉我们，酒头并不好。这让我感到意外，很多年里，我一直以为酒头是最好的酒。

车间顶部是木头搭的，有一些地方干脆是空的，能看到外面的天空。有一些鸟落在屋顶的木头上，我不知道它们是不是被这酒香吸引而来。那些鸟飞起又落下。

宝剑厂

我们上午走进宝剑厂，展览厅里各式各样的宝剑让人眼花缭乱，我从没有见过那么多宝剑。

据介绍，中国古代九大名剑皆出于西平棠溪，这就不得不让我对这里刮目相看。

棠溪——中国古代第一冶铁兵工重镇。据史书记载，当时此地有"工匠七千之众"。试想，那是何等的壮观和辉煌。站在宝剑厂，我仿佛看到一个个火红的冶铁炉，一个个赤膊的铁匠，一把把挥舞的铁锤，一柄柄闪光的宝剑，一颗颗滚落的汗珠……

棠溪剑"采寒山之石冶炼"，"取龙渊棠溪之水淬火"，"以棠棣之木做鞘"，故而天下闻名，这是我在棠溪宝剑厂了解到的。

随后，我们到车间参观。在锻打、淬火车间，我看到一个大

◎ 在宝剑厂

熔炉，一些烧红的钢块以及熊熊燃烧的火焰。那让我觉得敬畏。
一个老工人自始至终背对着我们坐在一把高靠背椅上抽烟。他戴
着一双手套，穿着一双很奇怪的鞋子，对我们的到来不管不问，
他甚至没有回头看我们一眼。有那么一会儿，我恍惚觉得他和我
之间隔着几千年，我差点儿把他当成了几千年前的工匠。他坐在
那里一动不动，我不知道他在干什么。在我们第二次返回时，我
老远就听见了锻打的声音。走近了，我看见他把一块烧红的钢块
用钳子从炉子里夹出来放在"锻打机"下锤打，本来方方正正的
一小块钢，在他熟练的操作下，一会儿工夫便被打成一个钢条。
我站在一边看着，眼前的一切让我惊诧不已。

　　被锻打成钢条的钢块扔在地上半天还是火红的，让人觉得震
撼。那个老工人旁若无人的样子，更让我觉得我像是一下子回到
了那群雄逐鹿、兵戈铁马的年代。

棠 溪

棠溪原是伏牛山余脉汇聚的一条小河，因河两岸遍生棠棣树，故有此名。

去棠溪的路上到处都是绿油油的麦田和金黄金黄的油菜花。那麦田的绿和油菜花的黄形成了那么强烈的对比。远处，在麦田的尽头是村庄，隐约可见农舍的屋顶。

上山的路崎岖而坎坷，但我们兴致勃勃。虽是早春，但山上的树差不多都绿了，一片片嫩叶在风中轻轻地摇摆着。

山上有人在放牛，放牛人就坐在山顶的大石上。有一头母牛戴着一个大铃铛在一处低谷吃草，旁边有两只小牛犊。小牛犊一直看着母牛，母牛动一下，那铃铛就会响起清脆的声音。

林间空地上的草非常茂盛，走到那儿的时候，你会忍不住停下来。你多么想在那儿躺下来，那柔软的、绿油油的草地。

不知是谁发现了小河里有螃蟹。我们纷纷下到河里，小心地翻开河里的石头，还真就看见一只。捉了放进矿泉水瓶，再去找。一会儿工夫，每个人都捉了三五只。捉得多了，便有人提议晚上要回去交给食堂的师傅，让师傅给做道菜。

下山时已是暮色四合，远处的山开始变得影影绰绰，棠溪很快就从我们面前消失了。

◎ 棠溪

宝岩寺塔

　　老远就看见一座塔，形状和我在别处见的不大一样。塔是方形的，一级一级往上，并不是很高，但从远处看过去却非常醒目。

　　门口两边有不少小摊小贩，连炸油条的也挤过来，在门口支了一口大锅，把油烧得沸腾，拿面块往油锅里可劲儿扔，让人觉得大煞风景。

　　进门后发现塔是斜的，朝一边倾。据说，该塔在抗战时曾遭日本人炮轰，此地还长眠着一个连的战士，但已经很少有人能够记起他们。他们长眠的地方，有一大片油菜花现在正开得如火如荼。

　　塔下有两块残缺的碎碑，是国民党一个高级将领题写的，字体刚健有力。它们本来应该是立着的，但现在它们躺在地上。

　　宝岩寺塔这个名字怎么来的，我不知道。从名字看，这里应该有一座宝岩寺，但我没有看到这座寺。

　　塔前有香炉，但很小。香炉里的香灰也不多，看来来此烧香的人并不多。

　　据同行的朋友介绍，这里以前是一块风水宝地，可惜后来被毁了。怎么毁的，不得而知。

　　塔前原有一条护城河，而今只剩下一条小沟渠。

信阳三记

灵山寺

我是不太知道灵山寺的，也没有想到在罗山这个小小的县城偏僻的一隅，会藏有这么一座古寺。

景区的牌楼应该是刚修的，还焕然一新，牌楼正中赵朴初题写的"灵山"格外醒目，左右两边还各有两个字"心会"和"无物"。站在宽阔的广场上看景区的牌楼，感觉气势雄伟。

进牌楼后靠左首有一个水池，池中间有一排莲花磴，导游指示我们从那些莲花磴上走过，绕着三个标有"福、禄、寿"的莲花磴依次转下来。据导游说，这样可以沾上灵山的灵气。

跳过水池，可以看到我左手边的一座山上有一尊高大的白色塑像。同行的朋友告诉我，那是朱元璋的塑像，我很是吃惊。据说，明太祖朱元璋曾经三上灵山，还曾敕封灵山为"皇山"，灵山寺为"国庙"。我不知道朱元璋三上灵山都在什么时候，我也不知道是朱元璋沾了灵山的光，还是灵山沾了他的光。不管怎么说，一个普通的寺庙能让朱元璋亲临三次，本身已经不普通了。

朱元璋的塑像高高地站在一个山头上，接受众人的膜拜，不

© 灵山寺

时地还有善男信女过来敬香，朱元璋面前也便香火缭绕了。让我多少有点不解的是，除了这尊塑像，我后来再没有在灵山寺看到跟朱元璋有关的遗迹。

站在朱元璋的塑像后面，可以看到对面山腰的一个白色陵寝，这里葬的是佛教高僧释无烦。据说，大师圆寂火化时，惊现700多粒舍利子和七彩的舍利花，让人引以为奇，惊叹不已。

灵山寺前一个小广场上，吊着一排钟。我过去撞了三下，钟声清脆嘹亮。有一口钟上崩裂了一个口子，几个人过去均没有撞响，只听到沉闷的几声。

寺门前有一溜儿摆摊算卦的，大都是上了年纪的人，不时地招呼着游人，我从他们面前过去，见有一人的摊上写着"豫南第一卦"，不觉失笑。

进寺门，看到并排三个香炉里香烟缭绕，香客们来往不断，一边默默地祷告着，一边将燃着的香投进香炉。我到大雄宝殿、天王殿、观音殿进了香后，就出来了。寺里有一棵上千年的银杏树，枝繁叶茂，树身上挂满了红布条。往古树上挂红布条，我在很多地方都见过，长时间以来，人们已经习惯了通过这种方式来祈福。

灵山寺周围群山环抱，树木掩映。正是盛夏时节，苍翠的树木把灵山寺装扮得格外美。

何家冲

在熟悉的红歌声中，我们走进了何家冲。

何家冲是红二十五军长征出发地。位于村中的何氏祠，

◎ 何氏祠

建于明末清初，红二十五军长征前，军部就设在这里。红二十五军的政委吴焕先、军长程子华、副军长徐海东当年都曾在这里住过。何氏祠是典型的徽派建筑，灰砖灰瓦，吊角飞檐。站在祠堂门口，隐约看见院中一棵古柏的尖顶，据说，这棵古柏是徐海东当年亲自栽下的。

祠堂面对青山，现在正是盛夏，山上浓荫掩映。据当地人说，到了十月，山上的映山红就会开得漫山遍野。我的眼前就闪出漫山遍野的映山红和红军战士的身影。我看见映山红映红了他们的脸，他们的旗帜。

进入祠堂，跟着导游的解说，目光在一张张图片上浏览，沿着地图上弯弯曲曲的红线，我好像也在跋山涉水，跟随红军一道前进。我的目光后来就到了豫陕交界的铁索关。铁索关，在我老家卢氏县。红二十五军当年西征到卢氏，曾在兰草小学里住过不短的时间，上面所说的红二十五军的几位领导人都曾在那里住过。我曾到兰草小学去看过，却没曾想到，有一天会来到红二十五军的出发地。

何家冲村口有一棵古银杏树，树身恐怕两个人伸开手臂都不一定能抱住。古银杏树枝叶繁盛，撑下一片巨大的浓荫。浓荫下坐着一群乡亲，有一个老太太坐在椅子上，有几个老头干脆就坐在围着银杏树的瓷砖台上，还有几个妇女在带孩子。那几个老头有光膀子的，有敞怀的，还有卷着裤腿的，有光脚的，也有趿拉着拖鞋的。他们看我们这些外来人的目光也是各种各样，有好奇，也有茫然。我注意到，有一个老头，他的眼睛似乎是瞎了，看我们的时候，那眼睛空洞洞的。七十多年的时光一晃而过，何家冲还是当年的何家冲，周围的青山还在年复一年地青着，而何

◎ 何家冲村口的古银杏树

家冲的乡亲依然年复一年地过来坐在树下。很多东西都在改变，不变的是那棵古银杏树，它在沉默中默默地记录了这一切。

古银杏树身上有一个凹槽，从上到下，空了一块。关于这个凹槽，有一种说法，说是红军走的当晚，雷电交加，一道闪电劈下来，树身上的一块就被生生劈掉了，留下了永远的疤痕。这事听来匪夷所思，但我还是愿意相信。这或许是一种预兆，预兆着红军最终的胜利。

鸡公山

到鸡公山是晚上。汽车沿着盘山公路走了很长时间，才来到

我们要住宿的地方，一个建在半山腰的宾馆。

在房间里安顿好，跟同行的一个朋友出来往宾馆下方走，旁边有工地正在施工，工地上机器隆隆，明亮的灯光把工地上空照得像白昼一样。沿一条便道，我们一路走过去，两边是黑幽幽的树林，湿气很重。我们走了一会儿，感觉身上湿答答的，就回来了。

早上起来，我按着路边的指示牌，独自去寻找报晓峰。在凉爽的山道上行走，两边是茂密的树林，呼吸着新鲜的植物的气息，一时神清气爽。路过一个叫万国广场的地方，我走过去拍了几张照片。广场周围，在绿树的掩映下，插满了各色国旗。再往前走，就到了美龄舞厅。看墙下的石牌，就知道宋美龄到这里跳过舞。美龄舞厅的门上着锁，透过门上玻璃，看到里面的墙上陈列着宋美龄的生平介绍，有美英几国政要，对这位风华绝代的人物的褒奖。

沿山道继续走，一路上又看见了几个很别致的宾馆，都因势建在山腰上。有一个宾馆，门口的墙上爬满了爬山虎，宾馆好像是被放在了花篮里。有晨练的人，在宾馆前的空地上悠悠地打着太极。有一对赶早的夫妻，从宾馆出来，径直往山上走，男的肩膀上挎着相机，在前面走，女的穿着一身运动服，在后面紧紧地跟着。

已经隐约看得见报晓峰的身影了。在密林的掩映下，我看见一块突出的石头，像一只鸡卧在那里。东升的太阳，正把它的金光洒下来，报晓峰上折射出一条金灿灿的光芒。再加上升腾的雾气，报晓峰周围又一片朦胧。

穿过报晓峰下的小广场。小广场两边是一些小店铺，山货店、纪念品店、照相馆，排成一行。我到那里的时候，这些小店铺刚刚准备开始一天的营业，店员正忙忙碌碌地来回整理东西。步上前往报晓峰的台阶，两边被松树护得密不透风，阳光从松林间穿过，在地面上留下斑驳光影。

终于看见石壁上的"天下第一鸡"了，几个遒劲有力的字站在石头上，旁边有不知名的小黄花点缀着。站在报晓峰上往四周看，周围是茫茫林海，是起伏的山丘，一眼望不到边的苍翠的树木。有风从山外吹来，我抬头的时候，看见有一朵云正缓缓地飘过峰顶。

◎ 鸡公山

官渡三题

田间地头

那天晚些时候，汽车载着我们驶入一条乡间公路。我看到一些农民正在地里忙碌。这是秋天的一个黄昏，天阴得很重，在广阔的天幕下，我看见一些农民在地里忙碌，由于离得远，我看不清他们在忙些什么，他们的腰弯下又直起。

有一个妇女，我看见她的时候，她正走在离我们不远的田畴上。她随身挎着一个布包，头裹着一条黄色的毛巾，样子很像电影里的游击队员。她安心地走自己的路，对周围的一切似乎充耳不闻。她在田畴上走，我的目光一直跟着她。我不知道她要去哪里，我总觉得这是一个奇怪的人。

远远的田野上停着一辆自行车。自行车是黑的，在一大片庄稼地中间显得格外醒目。我知道那是农民们干活时骑来的，我不知道它在那里立了多久，它一直目不转睛地盯着那些干活的农民。

离自行车不远的地方停着一辆拖拉机。红色的机头高高昂起，像一只公鸡。我总感觉它浑身充满了力量，它可能是农民用来拉东西的。我不知道他们要拉的是什么，拖拉机停在那里，像一个倒下来的问号。

林间空地

汽车往前走，我的眼前出现了一片树林。我一眼就认出那是北方平原上常见的白杨树。

我没有想到会在这里碰见这么大一片树林。我眼前的这些白杨树高大挺拔，虽不是很粗，但却笔直。白杨树生长的速度不算慢，我猜想它们栽下应该没几年。这附近没有农场，我不知道是谁一下子栽了这么多的白杨树。这么大一片树林，在官渡这个地方似乎并不多见。

这些林子里的白杨树枝叶并不是特别茂盛，相反倒有点稀疏。但我不得不承认，它们生长的势头还是很猛的。

树下绿草如茵。那些草，我叫不上名字。它们差不多有十几厘米高的样子，从四面八方包围着白杨树。白杨树如果低头的话，一定能看到它们绿油油的身体。

林间空地上空无一人，显得特别的寂寥。如果能坐进这片树林就好了，带着心爱的女孩，或躺或卧，一会儿看树叶间的蓝天，一会儿看秋风中的落叶。

汽车又往前走了一段，我看到一个老人在树林里放羊。老人怀抱着一根鞭子靠着一棵树站着，一群羊正低头吃草，草棵间闪动着它们洁白的身体。

后来起风了，我听见树林里传来哗啦啦的声音。

© 几度夕阳红

官渡，官渡

公元 200 年的那场战役使官渡这个地方一夜成名，这恐怕是谁也没有想到的。

谁也没有料到，历史会选择官渡这么个地方。我是去过官渡的，那地方什么都没有，我不知道历史为什么单单青睐这个地方。

不管怎样，历史毕竟选择了官渡。那场战役的胜败对官渡来说也许并不重要，因为无论战役的结果谁胜谁败，官渡都将载入史册。

官渡是幸运的，官渡又是不幸的。幸运的是曹操。曹操选择了官渡，所以才有了后来的曹操。袁绍是不幸的。袁绍选择了官渡，从此也把自己推向了历史的深渊。幸运的还有许攸。聪明的许攸在关键时刻径投曹操，换得曹操的跣足出迎，他的人生从此翻开了新的一页。不幸的还有沮授，他的逆耳忠言换来的只是怒叱和下狱。这位"溟眸知阵法，仰面识天文"的名士，现在却只能仰天长叹。

官渡使人荣，它使人毁，使人生，也使人死。小小一个地方，却承载了如此多的内容。

那金戈铁马的一夜过去了，那火光满天的一夜，也过去了。那一夜，历史在官渡这个地方折腾够了，后来就静了下来。

后来这里的硝烟就散了。后来人们开始谈论官渡，从古到今。

官渡，官渡。后人津津乐道的同时，可有谁想起那片被战火烧过，被战马踏过的土地在那场著名的战役中也曾哭过，战栗过，为它的百姓。

赣行二记

龙虎山

从南昌到龙虎山沿路的风景很不错。车窗外是大片广阔的田野，一眼望不到边。在田野的中央，矗立着一座座白墙灰瓦的房子，房子周围被大块的水田包围着，偶尔能看见一两个农人在水田里忙活，卷着裤腿，腰深深地弯下去。附近有水牛，低着头，悠闲地在那里吃草。我越看越觉得像一幅水彩画。

车就在画里穿行。忽然，车窗外掠过一片如火如荼的油菜花，那金黄的颜色，像碎金一样明亮，直晃我的眼睛。已经走远了，我总觉得它还在眼前。

很远，我就看见了龙虎山。几座高大秀丽的山峰像屏风一样挡在我面前。和北方的山不同，这里的山看上去既圆润又丰满。

坐景区的电瓶车上山，一边欣赏着沿路的美景，一边听导游小姐讲解。路两边是树林，有高大的乔木，也有低矮的灌木，一棵棵、一簇簇、一丛丛，叶子油绿鲜嫩。偶尔还能看见几棵映山红，点缀在中间，看上去说不出的美丽。山里有风，吹在人脸上，凉丝丝的，又带着一股淡淡的草叶的清香。

下了电瓶车，沿一条木板铺成的路往下走，路左边是高大的杉树，笔直地直插云天。走了不多远，过一条小桥，一条河横在了我眼前。我没想到，这里还有一条这么大的河。听导游说，这条河叫西溪。河面有几十米宽，河水碧绿碧绿的。河上有船，坐船沿河而上，两岸青山高耸。不时地，有木排顺流而下，上面坐满了游人。岸边有林木掩映的村庄，我一心想下去看看，但未能如愿。船没走多远就回来了。

西溪渡口有惊险绝伦的"升棺表演"。所谓的"升棺表演"就是将一口棺材升到峭壁上的凹槽里。凹槽一般都很窄，离水面有几十上百米高，要想把一口棺材升到里面，简直无法想象。但很早以前，当地人就在这么做。他们到底用什么方法将沉重的棺

◎ 龙虎山风光

© 龙虎山悬棺表演

木放进峭壁的凹槽里的不得而知，据导游说，直到现在，这仍是一个未解之谜。

龙湖山是"天师道"创始人张道陵的清修之地，山上有宫观，我很想去看看，但因为时间关系和其他原因，未能上山，总觉得遗憾。

三清山

去三清山的路上，路过一个湖。车绕着那个湖走了很长时间。我不知道那个湖到底有多大，我很想看看它的样子，但当时

◎ 三清山风光

三清山多奇峰怪石

天太黑了，我根本看不清。后来很长时间，那个湖一直在我心里放不下。

到三清山已是晚上九点，我饥肠辘辘。放下东西出来找吃的，好在还有一家饭店在营业。菜的味道不怎么好，但有几样菜我却从来没有吃过，给我的印象比较深。

夜里住在上海人投资建的"水云山庄"。早上起来，走到阳台上，才看到房后还有一条河，但水很小。河那边就是山。在翁翁郁郁的山上，偶尔能看到几棵大树，枝繁叶茂的。

三清山的索道很险。坐索道上山的时候，我有点儿不敢往下看。索道的落差很大，坐在上面，往下看，脚下是万丈深壑，看着看着，人的心就慌了。

三清山多奇峰怪石。有的像道士，有的像书童，有的则像猛兽，都生得惟妙惟肖。我印象深的巨石有两块。一块在山腹中，样子有点像蟒。导游让我从几个角度去看，越看越觉得像蟒。还有一块石头，从侧面看是一个美丽的少女，从背后看则是一个满脸皱纹的老妪，让人惊奇不已。在栈道上走的时候，一抬头就能看到光滑的峭壁，像刀削，像斧劈，让人不由得叹服自然的鬼斧神工。在高大而峭拔的大山面前，很多时候，我都会感叹人的渺小。

峭壁上，经常可以看见一些松树迎风而立，有的生在峭壁的缝隙里，斜斜地伸出一枝；有的站在峭壁的顶端，像擎着一把小伞，默默地守候着什么。峭壁因为它，仿佛也有了灵气。我喜欢看那些长在峭壁顶端的松树，很多时候，我也想像它一样站在山顶，看云海苍茫。

三清山是道士葛洪的清修之地，据说葛洪曾在此炼丹以求长生不老之术。山上也有宫观，只可惜，我再一次与之失之交臂。

城市走笔

合　肥

从上海回来到合肥，出了火车站，看见广场中间圈了起来在建地铁，排队等出租的时候，接连有人过来问要不要搭车，我知道那多是一些黑出租，果断地拒绝了。

排了很长一段队，终于打上了出租。司机是个女的。一上车，我就感慨，合肥的黑出租真多呀。她用还算标准的普通话说，多得很。

我的第一站是望江宾馆，朋友在那里接我。朋友是一家文学刊物的编辑，我们在网上聊过有些年了，但一直没有见过面。

很快就见到了朋友，他个头跟我差不多，我们俩都是圆脸，发型也差不多。我开始还没有觉得什么，后来朋友说和我一见如故，感觉我们俩长得很像，我想想，可不是嘛。

朋友给我的感觉很实在，对人也热情。过地下道时，他几次抢着要帮我拎箱子。后来，他到底还是把箱子拿了过去。

朋友是砀山人，在北京漂过几年，后来又南下广州待过一阵子，再后来回到合肥做起了刊物编辑。我们去他家的路上，他告诉我他现在一个人在合肥。他住的是一个老楼，楼道很窄，屋内一个墙角堆满了文学杂志。他给我看他刚发表的小说。我去的那天，广州一个杂志向他约稿，他正准备赶一篇小说出来。

下午我们到一个朋友开的书店里去喝茶，书店开在五楼，只在楼外挂了一个小牌子，不仔细看还真不好找。书店布置得很雅致，在这里既可以喝茶聊天，也可以搞各种聚会。据朋友说，他们平时的活动不少。

朋友的书店对面不远就是中国科学技术大学。提起中科大，我就会想起，中科大当时有意南迁河南，结果被河南错失的事，这不能不说是一件憾事。而合肥选择了中科大，它也因中科大而骄傲。

晚上住在中科大对面。早上起来去中科大，顺花园穿过去，见到有几个学生在晨读。校园里到处都是高大的树木，翁郁荫

◎ 中科大校园一角

◎ 鸠兹广场

翳，只听到鸟儿的欢叫，却看不到鸟儿。阳光就从树叶间洒了下来，落在地上，既柔和又干净。校园里有一个湖，荷叶都干枯了，衰败地漂在水上，看见它，我就想起它夏天的模样。湖边的石凳空空的，磨得精光的石凳发着清冷的光。校园中间有一条路，不知道两边伸向什么地方，路两边是高大的悬铃木，我在路中间站了一会儿，偶尔会看到几个学生背着书包或夹着书本匆匆而过。看见少年班的大楼，我特意进去看了一下。墙上贴了历届少年班学员的合影和杰出校友介绍，看着，我由衷地生出敬佩之情。我越来越敬佩这些天才少年。离开校园的时候，一辆校车驶过来停下，我看见一群学生上去，校车载着他们出了校园。中科大好像有三个校区，但其他两个我没有去过。

芜　湖

我到现在一共去过芜湖两次，上一次是在去年国庆，我在那里停了几天。最近一次，是在前不久，我从上海回来，经合肥转车到芜湖。

芜湖有一条很有名的小吃街叫凤凰美食街，街没有多长，街道也不宽，街两边有不少特色饭店和小吃店。我第一次来，女朋友带我到的是一家叫"耿福兴"的老店，店确实有些年头，门楼是古旧的，挑梁飞檐，雕梁画栋，就连里面的桌椅也是老式的。店里小吃名目繁多，女朋友之前来吃过，她推荐的几种，在我看来都不错。我再来的时候，去的是"毛家饭店"，也是老式的桌椅，墙上挂着毛主席像。服务员一律穿着绣花的夹袄。我们点了两样菜，说不上好也说不上坏。正是午后，街上人很少，坐在临街的窗口，我看见阳光将街道铺得满满的。就是这样一条街，我两次来都到了这里。

凤凰美食街街口有一家"天福茗茶"，我们进去，服务员迎上来给我们介绍安徽本地的名茶，有什么黄山毛峰、六安瓜片，还有一种叫猴魁。服务员二十多岁，女的，家是蚌埠的，在芜湖上的学，毕业后就留在了芜湖。她亲手给我们泡了猴魁。我细细品了一口，一股醇香。也是喝茶的时候，服务员说："我觉得芜湖环境很好，就留在这里了"。她还告诉我们，她打算在这里找个男朋友，把家安在这里。虽然她这么说，但芜湖对我来说还是有点陌生。走那天，我到她店里买了点茶叶，又坐下来喝了一会

儿茶。这次，我们喝的是黄山毛峰。这种茶入口有一点淡淡的苦味，喝多了就不觉得了，反而有一股清香。

步行街对面有一家"小刑板栗"，店面也不是很大，就一间房子，门口排着长队。路过那里，女朋友照例要排队买上一点。那可能是我吃过的最好吃的板栗。也难怪，它的生意一直都很好。

鸠兹广场上有一座高大的青铜雕塑，以"鸠兹"鸟为原型设计，造型奇特，格外引人注目。我第一次来还曾在广场附近看到过张孝祥的雕塑。我当时还不知道，张孝祥晚年曾在此生活过。镜湖边还有一园，叫柳春园，据碑文记载，建于宋代。柳春园前聚着很多老人，在那里打牌下棋，很是热闹。

鸠兹广场边是镜湖，湖上有岛，也有树，时值深秋，岛上的树叶都黄了，在暖阳下，金灿灿的。黄昏时，夕阳斜铺在水中，湖水好像也活泛起来了，但多少带点萧瑟。对面是安徽师范大学的高大门楼。师大后面是赭山。我曾到师大校园里去过，那里环境幽雅，学术氛围浓厚，校园里还有很多大树，给人一种沧桑厚重之感。师大新校区就不一样了，我印象较深的是那里有两条路，一条叫达夫（郁达夫），一条叫朱湘。他们与师大的渊源有多深，我不知道。这两个人的命运都很坎坷，郁达夫后来在苏门答腊失踪，而据胡愈之推测，他很可能被日本宪兵杀害。朱湘是自杀的，在上海开往南京的船上，他跳入了江水中。他是新月诗派的代表诗人之一，据目击者说，他自杀前还朗诵过德国诗人海涅的诗。对于他们，我不想多做评价，我常常为他们的死感到惋惜。看到这两条路，我就会想起他们。当然，师大的新校区也很漂亮，印象中，校园里有一个湖，湖水清澈湛蓝，湖边水草葳蕤，有九曲拱桥架在湖上。只是这里的树木比不上老校区的葱郁。

九华路上有一段也有很多树，都是银杏，我路过的时候，看到满树金黄的叶子，阳光照过来的时候，我感觉整条路都被金黄色充满了，我的眼前一片耀眼的光芒。我朝那光芒里走去，心中充满了神圣之感。这可能是芜湖最美的一条路。很久以后，我还记得那条路上流动的光斑，还有微风起时，那些随风飘落的树叶，它们像会跳舞的精灵一样，轻飘飘地落在地上。

有一个晚上，女朋友带我去看长江。我们是走着去的，当时路上的人已经很少。我们走了很长一段路，又上了一段高高的台阶，一直走到长江边。我记得那天有雾，再加上天黑，虽然我已经离长江很近，但我还是看不清它的样子。江面上有船，隐隐约约能看到轮船上的灯光，昏昏黄黄的。倒是近处的芜湖老海关塔看得清楚。塔上有钟，女朋友特意对照了一下时间，发现一点不差。我们往前走了一段，下了一段台阶，没看见江水，先听到了水声。那是江水拍击岸边的声音。再往下走，就看到了江水。浑黄的江水涌过来，又退下去。江边的风很大，吹在身上冷飕飕的。我们开始往回走，长江就在我们身后了。

香　港

香港的冬天有点像内地的夏天，繁花似锦，绿意盎然，这是我到香港的第一感觉。

紫荆广场是香港回归祖国的见证，广场上立有回归纪念碑。内地游客一般都会到这里拍照留念。旁边是维多利亚海港，港湾里泊着不少船只，从港湾里吹来的风，既干净又清爽。

　　香港海洋公园里人流如织。这是我平生第一次参观海洋公园。公园里各种各样奇妙的鱼类和海洋生物，在灯光的辉映下，五彩斑斓，让我觉得既新奇又刺激。在这里，你随处可以看见外国人，也随时可以听到各种口音。

　　坐缆车时，我看见下面的海水幽蓝而平静，感觉像梦一样。海那边是小山，海中有小岛，还有各种各样的船只。不远处，伸向港湾的小岛上耸立着高大的过山车。

　　在海洋摩天塔上，可以俯瞰维多利亚海港。太阳落山以后，天边的云彩被镶上了金边，闪耀出一团金灿灿的光辉。在那团光辉的映照下，山影越来越模糊，海水也幽暗得看不清了。

　　下山时，坐海洋列车。列车在山腹中行驶，感觉好像是在穿越时光隧道。车速很快，不大工夫就到了山下。

◎ 夜色中的香港

海滨乐园广场上为迎接圣诞，早早就摆出了圣诞树，在五彩的灯光下，游客们拥到树下拍照留念，摆着各种古怪的造型。我一下子就感到了浓烈的圣诞气息。靠近公园的地方，有一些纪念品商店，我进去转了一圈就出来了。公园门口有外币兑换窗口，我才意识到来的时候在车上上了导游的当。

晚饭后，去浅水湾。浅水湾名气很大，全因这里是香港的富人居住区，华人首富李嘉诚就住在这里，这里也是香港房价最贵的地方。浅水湾怀抱大海，是一块风水宝地。香港人笃信风水，越是有钱的人，越是往这个地方去。

车在浅水湾停下，我下去在沙滩上走了走，听得见海浪拍岸的声音，隐隐约约看得见海浪冲刷着海岸。浅水湾三边都是高楼，高楼里透出明亮的灯光，那些光又汇成一团，看上去是一团耀眼的金黄。

在太平山顶看夜香港的景象令人难忘。香港这地方寸土寸金，楼都建得特别高，太平山下是一片高楼的海洋。

香港酒店的客房真是小得可怜，不到十平方米的房子里就挤了三张床，这在内地是无法想象的。

第二天早上，去凯旋珠宝展示中心。香港导游说这里是免税店，但里面琳琅满目的珠宝大都价格不菲，虽然导游一再怂恿我购买，我还是不为所动。导游自然不肯放弃，每次看到导游过来，我都绕着走。

从珠宝店出来，又去逛手表店。我平生第一次看到那么多来自世界各地的名表。但昂贵的价格，往往让我望而却步。香港是全世界仅有的几个免税城市，这里有来自世界各地的商品，我是后来两天才知道的，除了一些世界名牌产品比内地便宜外，其他

◎ 傍晚的海港

○ 迪士尼

◎ 迪士尼门口

东西则比内地要贵得多。

　　香港人笃信黄大仙。在黄大仙祠，我看到一些虔诚的善男信女跪在地上求签，场面之大，是我在内地不曾见过的。人群中，有一个老太太，反复在掷一个半圆形的东西，每掷一次，旁边都有人过来帮她捡起来，看得我莫名其妙。也有人抱着签筒边祷告边投掷。大殿下方有一尊月老的塑像，有不少年轻男女簇拥过去膜拜，我也默默地在心里祈祷。

　　晚上，去星光大道，那里人群熙攘，沿途的地上每隔不远就有一个香港名人的手印和牌匾，人群中偶尔还能见到几个穿着校裙的香港女生，她们看上去又青春又活泼。

　　在维多利亚海港坐船时，风很大，但在船上却并不感到冷。船在水上行驶时，远远望见海港边的高楼大厦，灯光把夜晚的香港装扮得光怪陆离，水面上流光溢彩，给我的感觉，就像在梦里一样。

"迪士尼乐园"在全世界据说只有五个，在中国，也只有香港才有。其投资高达五百亿，但我进去以后，没感觉到这些钱都花在哪里。从入口一直往里走，不用十分钟就可以走到头。迪士尼进门是美国小镇大街，街两边是食肆和商店，卖各种饼、火鸡腿、咖啡；商店有糖果店、时尚店、冲印店和珠宝店，还有一些水晶艺术廊，但我没进去。园中的探险世界、幻想世界和明日世界，单听名字，都很好奇，但真去了，也就那么回事。"冲天遥控车"倒是很刺激，让我的心差点跳出来，令人惊叫不已。

坐地铁去尖沙咀逛街，买的是单程票，到了尖沙咀站出不去，我就跳栏杆出去，当时也不知道哪来的胆，跳过之后才觉得后怕，想着那么多人看着，越想心越不安。尖沙咀人潮涌动，到了这里，我才真正体会到香港的繁荣。

天黑后，在回去的车上，我和司机聊了一会儿。司机是一个五十多岁的老头，头发已经花白。他说自己住在一个只有十五平方米的房子里，每个月要负担三千多元的房租，加上水电，差不多四千元。我问了他不少问题，他都一一回答了我。我记得他最后跟我说，生活在香港压力特别大。

澳　门

"威尼斯人"是美国人投资兴建的，这里不仅有让人觉得不可思议的"人造天空"，还有超过三百三十家国际品牌商店。无论是漫步于铺设了鹅卵石的大运河购物中心街道，还是乘"贡多拉"畅游在运河之上，你总会在意想不到的时刻，看到吸引人的乐手、杂耍表演者和魔术师，突然出现在你面前，让你忍不住拿起相机跟他们留影。

　　一楼的赌场里，赌徒之多，场面之大，让我目瞪口呆。如果不是亲眼所见，我真的很难相信世界上会有这么一个地方。澳门是名副其实的赌城，只有到过这里的人才有深切体会。

　　进出澳门赌场的人络绎不绝，有的只是来看热闹，也有真来赌的，在这里一展身手。这里是赌徒的天堂，也是他们的地狱。

　　我是在回来的路上听说，我们同来的一个年轻人，昨天在赌场里输掉了十几万元。

© 大炮台

◎ 海港的清晨

◎ 威尼斯人赌场

西　安

　　西安建国路 83 号是陕西省作家协会的所在地。我是无意间走到那里的。走到那儿以后，我就停了下来，想象着我敬仰的作家陈忠实、贾平凹从这里进出。我在那里徘徊了很久。我曾经想进大院里去看一下，但终于没有去。

　　离作协不远的地方有一条胡同，显得异常幽静，两边有树，浓荫掩映，正是午后，阳光在地上留下了斑斑驳驳的光亮。我忽然就喜欢上了它。很久以后，我还记得那条胡同。

　　作协附近有西安事变旧址，但参观者却寥寥无几，大概人们对这样的地方并不感兴趣。旧址不是很大，一共就几个展室和几幢砖木结构的小楼，转一圈下来，也用不了多长时间。不知道复原后的张公馆跟原来的样子有多大出入。站在张公馆的台阶上，我想象着张学良从这里走下去。就是在这样一个看起来不怎么起眼的地方，张学良完成了他一生的重大转折。

　　路过大雁塔，我想起韩东的那首《有关大雁塔》。有关大雁塔，我确实知道的不多。路过那儿，我只是隔着车窗望了一望。我望了一望，大雁塔已经在身后了。

　　到西安后，我最想去的地方是"白鹿原"。在来之前的很多年里，我不止一次在心里念叨这个地方。我也曾经不止一次想过到"白鹿原"北坡上去坐坐，在陈忠实曾经坐过的地方，去看看他的霸河，还有吹过"白鹿原"的风。可惜的是，我到西安后并未成行。

© 陕西作协

朋友开车带我去了秦岭脚下的"关中民俗艺术博物院"。没承想，我们到那儿以后，刚赶上下班。进不去，我们只好在院外随便看了看。院外有不少石碑、石柱，上面大都刻着字，那些东西可能很有来历，但我没有去细看。旁边有一个门楼，两边石刻着楹联，门楼正面布有大量精美的石雕、砖雕图案，门额上刻着"耕读传家"，整个门楼看上去恢宏雄伟。附近还有寺院。我是到了这里以后，才知道，还有一个南五台。

© 张公馆

西安城墙上的人很多，有步行的，也有骑单车的，游客中也有不少外国人。我之前在开封读书时，曾多次上过开封城墙，但开封城墙不像西安城墙有这么多人，前者也没有后者这么厚，这么高大。跟西安城墙一比，开封城墙无论哪方面都要逊色得多。

位于市中心的钟、鼓楼是西安市的标志性建筑物，两座明代建筑遥相呼应，蔚为壮观。夜深之时，走到钟、鼓楼前，很有一种恍若隔世的感觉，仿佛回到了古代。

真想去看看盛唐时的长安。

新　疆

父亲经常要出远门。我印象中，有些年里，父亲冬天的时候经常要到新疆去。父亲要去的地方，在新疆的最西北部，冬天的时候，那里风大不说，雪也会积得很厚。冷的时候，气温经常在零下三十摄氏度左右。这在我是无法想象的。但那些年，为了生计，父亲不得不一次次往那里跑。

父亲的身体一直不怎么好，遇到那样的天气，父亲经常一出门就感冒。我有很多次打电话，父亲就蜷缩在屋里咳嗽。他咳嗽着，连话都说不囫囵。电话这头的我心也随之揪紧了。我就是在那时候开始关注天气的。经常是父亲走到哪里，我就去看哪里的天气。慢慢地，这成了我的习惯。

母亲也有这个习惯。那还是在很多年前。我也是后来才想起，母亲其实是最早养成这个习惯的人。

　　早些年，家里没有电视的时候，每个早晨或黄昏，母亲都会走到院子里去看云。母亲看云的时候，我就在她的身后站着。母亲在看云，我在看母亲。有一朵黑云从南山移过来，母亲自言自语地说，要下雨了；有一朵云像游丝一样往南边去了，母亲自言自语地说，天要晴了。那时候，母亲几乎很少出错，这让年幼的我佩服得不得了。母亲有时候还会随口背上一些顺口溜，譬如"火烧云，晒死人；棉花云，雨快临"，等等。我至今记得这些。

　　后来，有了电视，母亲总是一边做晚饭，一边提醒我不要忘了看天气预报。那些年，母亲总是一天到晚地忙，很多时候，连天气预报都没有时间看。

　　我的老家在豫西山区，早年，我们只能从电视上听到中央台的天气预报。没有本地的天气预报，母亲只好拿邻近的地方作为参照。按理，我们应该听河南这边的天气。但细心的母亲发现，我们听河南这边的天气往往不准，而听与我们距离最近的西安却非常准。这以后，母亲就养成了听天气预报只听西安的习惯。我离开家乡以后，母亲的天气预报里，才多了其他城市。

　　记不清有多少次了，几乎每次我跟母亲通电话，母亲总是一上来，就能报出我所在城市的天气。变天了，母亲说，你穿厚点。天要冷了，母亲说，你穿厚点。气温已经下降到零度了，母亲说，你穿厚点。

　　母亲就这样不厌其烦地重复着，一年又一年。母亲一生也没有去过多少地方，但她的口边却经常挂着很多城市，那些城市无一例外都是我走过的。

嘉　兴

我最早是从语文课本上认识船的。那是一条游船，它停在嘉兴的南湖上。在那条船上，还发生了一件大事，那是我后来才知道的。

十六岁那年夏天，我跟父亲一起到武汉。那是一个黄昏，我们从龟山上下来，步行穿过长江大桥。桥下是江面，江面上往来驶着一艘艘轮船，隆隆的机器声把我吸引过去。那是我第一次在长江上看到轮船。我就站在桥栏上，一次次朝江面上望过去。落日把远处的江面照得一片绯红，我看见一艘轮船就朝着那片绯红驶去。它的周围也披着一层绯红。它已经走远了，我的耳边还回荡着隆隆的机器的轰响。

我第一次坐船，是在湖北的向阳湖上。我跟着一群人踏上了一条不大也不小的游船。游船开动的时候，我挤在船舱里望着那宽阔得一眼望不到边的湖面，我的心剧烈地跳动着。我不知道游船将把我们带向何方，整个湖面上只有我们一艘船。在茫茫的湖面上，我们显得那么孤单和渺小。

后来有一次，我们在丹江上坐船。我第一次站在了船舷上，我第一次看见轮船划开江面后翻卷起的洁白的浪花。那些浪花翻卷着落下去，又不断有新的浪花翻卷起来。隔壁是舱室，年轻的舵手正用一双大手在数个轮舵把柄间快速而准确地移动。那动作是如此的优雅，如此的柔顺，仿佛娇小的鸟儿轻快地飞行。风不断地吹来，在我的耳边呼呼地响。那时的我，从来没有想到，船在江面上可以走得那么平稳，稳得就像在平地上一样。

还有一次，我正坐着船，江面上忽然起了很大的风。在风强有力的推动下，我们的船就开始不停地颠簸，我们的身子也跟着摇晃。我们摇晃着，甚至有游客发出了尖叫。我们本来就紧张的神经，因了她的尖叫显得更加紧张。我们都盼望着船快点靠岸。然后，雨就来了。黑云一次次翻卷着滚过我们的头顶。在密密的细雨中，我们再也看不清前方。我们的船还在颠簸着，我在那一刻忽然感到了绝望。

这是唯一的一次。更多时候，我坐在船上，一边欣赏着两岸的风景，一边注目着冲击船头的江水，看江面上往来不断的船只和船上的游客。看往来的船只，将我们带到一个个风景秀丽的地方，又将我们带回到岸上。

以后，我又坐过很多次船，有时是在江上，有时是在湖上。但我至今没有在海上坐过船，我想象不出那是什么样。我也见过许多泊在岸边的船。我还曾想过去做一个水手。那是在我看了荷兰小说家阿图尔·范申德尔的小说《污船》以后，主人公布劳尔苦恋华美无比的"玛丽亚号"深深地感染了我，我做梦都想去当一回水手，在风云变幻的大海上激浪乘风，远航万里。

多少年过去了，我到现在已经记不清自己曾经坐过多少次船，见过多少条船，但我至今不能忘记的仍然是小学课本上那条船。那是一条游船，它停在嘉兴的南湖上。

灵 宝

我十岁之前到过的最远的地方是灵宝。我前前后后去过灵

宝多少次，连我自己也说不清楚。我去灵宝是和父亲一起去的，父亲要去灵宝买氰化钠，这是炼金的必备之物，父亲那时候在泡矿石。

从我们县城到灵宝，那会儿要走四个多小时。全是山路，上上下下，颠簸得厉害。我是坐不惯公共汽车的，一闻到汽油味就晕车，每次去灵宝，我都吐得死去活来。因而我就特别怕坐车。但父亲让我和他一起去的时候，我从来没有拒绝过。

我去灵宝主要是帮父亲看东西。父亲把氰化钠买好后，会放在一个地方，让我站在那里看着，他出去办事。父亲有时候去的时间短些，有时候时间很长。不管父亲去多久，我都会站在原地等他回来。

◎年幼时的我和父亲在一起

那时候，我也就七八岁的样子，个头很小。在一个陌生的城市里，人来人往，父亲走了以后，我就有点害怕。每当一个陌生人朝我走过来，我都会变得特别紧张，眼巴巴地盼着父亲早点回来。只要父亲在身边，我就什么都不怕了。

父亲要我看的氰化钠，装在一个蓝色的铁桶里，桶身上画一个骷髅，骷髅下画一个叉，下面涂着三个字——氰化钠。打开顶部的铁盖后，就能看到一个个小圆饼，白色的，外面套一个塑料袋。我知道这东西是毒品，剧毒。父亲所在的矿区，经常发生牛不小心喝了矿池里的水而毙命的事。因此我就更害怕这种东西，连摸都不敢摸，总是离它远远的。

父亲一次会买两桶，也可能更多。父亲去办事，我就站在一边看着。父亲走了以后，我就像一个忠诚的卫兵，一步也不离地看着这些毒品。

那些年，我去灵宝就是为了这个。

我印象最深的是有一次，父亲带我去看火车。那是我生平第一次看到火车。我不知道父亲为什么突发奇想带我去看火车，也许是因为我还没有见过火车。我不知道父亲有没有见过火车，我想他是见过的。

我到现在也不知道父亲是怎么把我带到站台上的。在路上的时候，我就一直在想，父亲要带我去什么地方。父亲没有明确地告诉我，他将要带我去什么地方，他只是把我带到了站台上。然后，他说，火车。

多年以后，我依然无法忘记父亲带我去看火车的那个遥远的午后。我和父亲并排站在站台上，我们的脚下是延伸的铁轨，是浸满柴油痕迹的枕木，是遍地灰色的、黑色的石子。但我没有

看到火车，我从没有见过火车，我想象不出火车是什么样子。我们的目光一直朝着一个方向，那是火车驶来的方向。我们等了很久，其间，风一直吹着我们。后来，我终于听见了火车进站的声音，但我还没有看到火车，那声音有点像牛叫，拖长了。我从来没有听到过那么绵长的声音，我的耳朵在那一刻被唤醒了，从此，这声音就留在了我的耳朵里。火车开过来了，我已经看见了黑亮的火车头上浓重的白烟，它升腾着，升腾着……

常寨忆旧

小　街

常寨一共有三个门，实际上应该有四个，但南边没有门。我一直觉得奇怪，其他三个地方都有，唯独南边没有，我到底不知道是为什么。说是门，实际上就一个门楼。门楼很高，高高的门楼上题着赵朴初题写的"常寨"。三个门楼，走进哪一个都面朝小街。

我刚来的时候是从南边过来的，所以我没有注意到常寨还有其他三个门楼。住下以后，有一天我从常寨的其他几个方向走了一遍才知道。

常寨一共有两条小街。一条东西向，一条南北向，两条街在中间交会在一起。常寨的两条街上遍布着大大小小的饭店、杂货店、理发店、手机店，等等。这些店一个挨一个，多得数不清。我刚来的时候，这些店我大都进去过。我的日常用品基本上都是在这两条街上买的。我吃饭也大都在这两条街上。开始的时候，我在这两条街上逢到饭店就进。时间一长，我吃饭就固定在了几家饭店。这些饭店大都是卖面条、米线、砂锅、麻辣烫之类

的小吃，味道好不说，又便宜，我自然乐意。南北街上有一家饭店，我去得最多，收银的是一个看起来比我还要小几岁的女孩，面容清秀，笑容美丽，说话细声细语的，干活非常麻利。她店里有几个服务员，忙的时候，她也过来收拾碗筷和那些汤汤水水的。她细皮嫩肉的，我一直觉得她不像干这行的。她的饭店一到吃饭时间，店里就挤满了人。在这两条街上，依她这种年龄，能把生意经营成这样的几乎没有。我不能不说她心气儿很大。这两条街上的许多饭店开了关、关了开，店主换了一拨又一拨，她那个店一直在坚持干着，这么多年了，丝毫没有改变。只是我再去的时候，发现她比以前臃肿了，脸色也没有以前那么滋润了。几年的时间，让当年那个小姑娘一下子变了很多，变得我快认不出来了。

东西街上原有一家小饭店，老板是个四十多岁的女人。我特别喜欢吃她做的面条。这两条街上，我就觉得她家做的面条最好吃。这是一个心直口快的女人，说话大大咧咧的，有点像男人。她丈夫有时到店里来，有时不来，就她一个人在忙活。她不忙的时候，就坐下来和食客说话。她好像和谁都能说到一起。我有一段时间常到她的店里去吃饭。听她骂她的丈夫，她好像对她丈夫很有成见。我们偶尔也说几句话，都是不咸不淡。我能有什么和她好说的呢。她的饭店经营了不到一年吧，有一天就换人了。据她说，是干烦了。是呀，什么事干久了，都可能有烦的一天。烦了就换换，我记得我当时这么跟她说。

东西街上还有一家砂锅米线店，那时候生意是出奇地好，饭店里经常人满为患。这个饭店经营者是一家三口，老两口和他们的儿子。儿子负责做饭，母亲刷碗，父亲收钱。我一直觉得他们的儿子特别能干。我经常看见他背朝我站在厨房，同时做着六个砂锅。他把青菜、海带丝、豆腐皮、粉条挨个往砂锅里放，他放得又快又麻利。他的身子左右晃动着，不慌不忙。他个头不高，甚至有点瘦小，但他的背影给我很有力的感觉。

另外给我印象深的是一家皮鞋店。店主是夫妻两个人，听口音像是南方人。我后来从他们那里证实，他们的确是南方人。不过，我那时候没有想到他们来自湘潭。我说，那是伟人的故乡呀。妻子笑笑。她的脸上放着光。丈夫是一个小个男人，有点谢顶，他整天抱着皮鞋在那里干活。他的话不多，但给人的感觉很亲切。他们后来有了一个孩子，妻子就一边喂孩子，一边给上门的顾客介绍鞋样，孩子老在她怀里哇哇地哭。有一年，他们过年回来，好像没有租到房子，就挤在人家的大门口，在那里放了一个玻璃柜，里面摆着一些皮鞋，天天守着那个玻璃柜又干了一年。再后来，他们又租了一个门面房干了差不多一年。然后，忽然有一天，他们就永远地离开了常寨街。我好像记得他们临走时又添了一个孩子，不知道他们是不是回老家了。

再有就是一家理发店，原先的名字叫海霞，我估计是女主人的名字。她的长相身材都不错，理发店也主要是她在招呼。她的老公好像不怎么理事，剃个光头，看起来有点不务正业的感觉，给人感觉很不舒服。她们店生意好的时候，店里雇有几个小姑娘洗头。后来生意清淡了，就只能她和她老公亲自动手。我去过两次她的理发店，后来不知道怎么就再没去过。海霞理发店现在还在开着，人也没换，也可能是这个街上坚持时间最长的理发店。

音像店

我闲的时候，喜欢到街上的音像店去。那时候，街上的音像店特别多。我知道，常寨东西街上就有六七家，在常寨的小巷里还藏着几家。这些音像店，我差不多都去过。一般都一间房子，进门一个柜台，上面摆着一摞碟本，分门别类的，故事、武打、战争，各种各样的碟在这里都能找到。那时的音像店一般都会有几台影碟机，选好了碟，可以直接在店里看。每看一个片子一元钱。我没有买影碟机之前，一直在音像店里看。

我常去的有两家音像店，都在我住的附近。一家的影碟机前摆着几个破沙发，很宽大的那种，看电影的时候可以窝在里面。店主人是个年轻女人，她一般不喜欢待在店里。音像店后面有一扇门，她经常推开那扇门进去。我没有进过那扇门，我猜想她可能在那后面住。有些时候，我也能听到后面传出炒菜的声音。然后，就会有一股油香味扑鼻而来。这家音像店的店主后来换成了一个更年轻的女孩。我第一次见她感觉她像刚毕业的大学生，身上的学生味很浓。她差不多一米六五的样子，清秀的脸庞上多少还有一些稚气。她喜欢穿一件白色的毛衣坐在柜台后，看碟或玩手机。她的短信很多，她发短信的时候，我看见她洁白细长的手指在手机键盘上飞快地按着，头也不抬。我感觉她那时候应该正在谈恋爱，果然有一天，我看见她男朋友过来了。她男朋友又瘦又小，留着寸发，戴一副眼镜，看上去弱不禁风。这以后，有很长一段时间，他们俩整天趴在柜台后面看碟租碟。另一家音像店的店主是两口子，他们家的碟不是很多，但收拾得很干净。只不过，碟机前摆的不是破沙发，而是一般饭店里的小靠背椅。我曾和女朋友到他们家看过几回碟，他们家的耳机经常出毛病，看着看着有时候就没声音了。但这家音像店在街上存在的时间最长。

小巷里的音像店，我偶尔也去看一次。可能是房租比较便宜，那里的音像店一般都有两间屋子。

我买了影碟机后就很少再到音像店里去看碟。但从此，我跑音像店反而比以前勤了。我看的大部分碟都是从音像店租来的。那时候，租一张碟，交十块钱押金，看一天五角钱。我一般在下班后到音像店里去租碟，晚上回家看了，第二天就能还上。中间差不多有两年吧，我几乎把常寨里所有的音像点都淘了一遍，直到再也找不到我想看的碟。

不知道从什么时候起，街上开始出现盗版的压缩碟。一张压缩碟，只要几块钱，却能看数十部甚至更多的电影，而且没有时间限制，你想什么时候看就什么时候看，完全不用按时间去还。因了这个，我从此很少再到街上的音像店里去。然后，很多人又开始在网上看电影。音像店的生意就一天不如一天。很多时候，我从音像店门前过，看到里面冷冷清清的，跟以前简直没法比。我就知道，这些音像店早晚有一天要关门。果然，此后没多久，这些音像店慢慢地开始消失。先是一家，然后又是一家。常寨街上的音像店全关完后，藏在小巷里的一两家仍在坚持。我原以为它们不会坚持太久。但让我意想不到的是，它们一直坚持到了现在，真不知道它们是靠什么存活的。

药 店

常寨街上大大小小的药店也有七八家。这些药店大都有医生坐诊，只有极个别一两家只卖药。

我认识一对夫妻在我楼下开了个小诊所。小诊所只有一间门面房，屋里陈设非常简陋。进门摆着一张长条桌，桌子后面立着一个药柜，药柜后面还有一点不大的空间，左右摆着两张床，专给病人打吊针。

这对夫妻，男的个头不高，留着小平头，脸颊有点瘦削，眼睛微微有点往外凸，让我总以为他眼睛有毛病。他身上最突出的地方，是他的喉结，我很少见过鼓得那么大的喉结。我有意无意总是看他的喉结。他站在长条桌后面，穿着一件土黄色小夹克，习惯性地叉开五指按在桌子上询问病人的病情。他说话时，声音不大，慢条斯理的，给人的感觉很舒服。他老婆的个头和他差不多高，但说话的声音比他却高了几度。她是一个大嗓门的女人，嘴比较大，嘴唇有点外翻。她的手刚一入冬就冻伤了，看上去又红又肿，让人不忍目睹。她把两个露着五个指头的毛线手套戴在手上给病人抓药，显得特别笨拙。她的手往往到了夏天还没有完全好。她把手套取下来以后，我看到她的手指还有点肿，不过看上去比冬天好多了。有一次，我们谈到她的手，她说老毛病了，没办法。她的话里透着深深的无奈。

我有一次听他们说，他们的老家在豫南某个县。他们说的那个县，我那时还没有到过，但我知道那是一个贫困县。听他们说，他们很早以前就从老家出来了。中间也去过一些地方，后来才来到这里。他们好像还有一双儿女正在上学，我只在店里见过他们的女儿几面。一个瘦弱的小姑娘，往往拿了东西就走，我很少见她开口说话。

夫妻俩的手头习惯放着几本药书，都是那种开本很大的，看上去厚厚的。那些书整齐地摆在长条桌的一角，有时候其中一本还摊开着。但我从没有见他们当面看过，想必，他们只趁店里没人的时候看。只是，这样的时候不多。他们店里的生意一直很好。只要他们一开门，就会有病人接二连三地找上门。

我患了感冒，在街上的大药房买了几十块钱的药，吃了几天仍不见好。我就去了他们店里。我记得那天是男的在。他询问了我的病情，然后从长条桌的抽屉里抽出几张方块纸，转身到药柜里取了几样药片，几类胶囊，在纸上分好，包好后递给我。我看着那些黄色、白色、绿色的药片和胶囊，半信半疑地拿回家吃了，谁知道睡了一晚就好了。这以后，我又试了几次。每次，只要吃他给我开的药，我的感冒总是好得特别快。这让我对他们的医术刮目相看。

更重要的是，他们每次开的药都很便宜。我记得我大部分时候在他们那里拿的药都不超过五块钱。可能是这两个原因吧，他们的生意出奇地好。他们的店一天到晚总是坐满了人。

来这里看病的大多是困难户，这你只要看他们的衣着气质和掏钱时的状态就知道了。花最少的钱却能把病治好，使得他们夫妻俩成了病人口中最受欢迎的人。我没少听病人当面或背后夸过他们。时间一长，来看病的大多成了熟人。他们夫妻俩忙着和来人打招呼，和他们寒暄，问长问短。小诊所里便又被

热闹充满了。

忽然有一天，我再到小诊所里去，发现小诊所变成了一个水果店。我感到有点吃惊，他们生意做得好好的，怎么忽然就不干了。我问水果店老板，说他们前些时候就搬走了。我有点惋惜。很快，我又听说是因为他们没有办任何医疗卫生手续，被卫生部门给查了。我一下子就明白了。

他们走了大概一年。这一年，我身体不舒服的时候，只好往医院跑。这一年，我去过两三次医院。大医院的医生冷冰冰地给我开着昂贵的药，总是让我想起那对夫妻。

我没想到会再次见到他们。他们又回来了。在我隔壁的一幢楼里租了两间房子继续开他们的小诊所。这次他们把小诊所开在二楼，又没有挂牌子，我原以为没多少人会知道。可有一天我去那里却发现，小诊所里的病人坐得满当当的。

我后来听说，那一年他们去了天津。好像在那边更不容易，就又回来了。

澡　堂

常寨的澡堂大都开在僻街的地方。最多时，一共也就三四家的样子。少的时候，只有两家。总感觉不够的样子。尤其到了周末，澡堂里总是塞满了人，像打仗似的，让我感觉特别不舒服。我便选择在周三或周四去，这时候澡堂里的人相对会少一些。我喜欢人少的感觉。

常去的一家澡堂，开了有几年了，还算干净。老板是一个四五十岁的大肚子男人，整天笑眯眯的。他有事没事喜欢在澡堂门口抄着手晃悠，腆着个发福的肚子，看见熟客热情地打个招呼，递上一根烟，寒暄几句。他的状态一直都很悠闲的样子。我有一次听他说，单他家就有两座楼房，包括这个澡堂所在的楼房。言下之意，他什么都不缺了，他什么都不用干，也能活得很逍遥。他在澡堂门口转悠，他老婆在里面守摊子。那是一个满脸褶皱的老妇人，眼袋上的褶皱足有好几层。她坐在小窗户后面收钱，闲的时候随手织两针毛衣，看会儿电视。

澡堂在一楼，但换衣服的地方在二楼。在二楼换了衣服下来，可看见一楼水汽蒸腾，中间一个大池子，洗澡的人有说有笑。

我嫌大池里不干净，一般很少到大池里去，只在喷头下简单地冲一下，洗干净就直接上楼了。偶尔我会到桑拿房里去蒸一下，那里的温度过高，有时候我在里面待的时间过长，出来后就有一种虚脱的感觉，浑身一点儿劲都使不上。歇一会儿，就迫不及待地上楼。

楼上的休息大厅，有几十张床，应该说不小了。冬天最冷的一段时间，这里的床单不知道几天才换一次。我只好坐着。头顶上方的架子上有电视，遇到感兴趣的节目，就看上一会儿。休息厅里有人在打鼾，还有人在打牌，几个人用浴巾裹着腰围在一起，看样子好像不纯粹是在打牌，还带点小赌的样子。有客人点了技师。一会儿，来了两个技师给客人捏脚、按摩、拔罐、刮痧。

以前看过一个叫《洗澡》的电影，让我喜欢上了澡堂里的那种感觉，但在这里我一直找不到电影里的感觉。也许，这不是在

北京。

常寨北门新开了一家洗浴中心，起了一个很浪漫的名字，叫樱花泉。我进去以后，没有找到一点樱花泉的感觉。不过，这里的装修显然比我常去的那家要考究得多。特别是大池那里，有一面墙装修得凸凹不平，很有点在山洞里的感觉。再加上大池旁边的一棵老树根，树梢斜着伸过来，鲜艳的绿叶把大池顶壁罩了三分之一，上升的水蒸气到了上面，变成水滴滴下来。有时，我真会感觉像走进了山洞里。

樱花泉的桑拿房一共有两个，一个叫土耳其，一个叫芬兰。我没有去过土耳其，但进到土耳其桑拿房里，让我觉得土耳其真不是人待的地方。那个芬兰浴，我刚推开门，一股热气朝我直扑过来，很烫了我一下，就再也不想往里面去了。

我躺在床上休息，樱花泉的床单比原先我去的那家要干净多了，我差点就睡着了。

书 店

我最喜欢去的地方是书店。常寨附近原先只有一家小书店，在税务局楼下，临着丰产路。我下班后经常往里拐，站在一排书架前一遍遍地看过去。遇到喜欢的书，我会毫不犹豫地掏钱买下来。

小书店收拾得很干净，架子上的书永远摆得整整齐齐。有一段时间，小书店一直由一个挺漂亮的女孩子照看着。她有时候会把一些小饰品带到书店里挂起来，比如风铃、蝴蝶花，等等。偶尔地，我也能在小书店里发现一束鲜花，插在瓶子里，淡雅而素洁，散发着幽幽的香，让我觉得特别美好。

常寨街上原来也曾有两家小书店，但主要是租书。里面适合我看的书很少，但我从那里过的时候，还是会走进去。我觉得只要能看到那些书，对我就是一种很大的安慰。另外，常寨街上还有一两家卖旧书的。其中有一家在街中间。卖书的是一个三十多岁的年轻人。他经常骑着一个三轮车在晚上来，在街上摊一块油纸，然后把三轮车上的书抱出来在油纸上摊开。书和杂志分开放。书整齐地排成一行，杂志则随意摊在油纸上。我一直觉得他像个收破烂的，这些旧书都是他收的。我曾买过他几本杂志，他把价钱咬得很紧。

我依旧往税务局楼下的小书店里跑，我一遍一遍地往那里跑。有时候，我什么也不买，也没有什么值得买，我好像就想去闻闻书香。我深深地迷恋那味道，有一段时间不去那里，我就会觉得少点什么。但就是这样一个时时让我牵挂的地方，忽然有一天就关门了。小书店换成了服装店。但我每次从那里过的时候，都会朝那里望上一眼。我望上一眼，再轻轻地走开。

有一天，我路过丰产路经一路口，那里离常寨西门不远，看见路北开了一家书店。书店的名字起得很有意思，叫阅开心。我一下子就记住了这个名字。这个发现让我惊喜，我几乎迫不及待地走了进去。

阅开心的营业面积比我先前去的小书店大了不少，书的种类也丰富了很多。栗色的书柜、干净的地板、散发着油墨清香的书籍，再加上轻柔的音乐，让我很快就醉心其中。这以后，我便成了这里的常客。阅开心书店规定，购买满三百元的书，可以办理

会员卡。我很快就买够三百元的书，办了一张会员卡。每周一、三、五，阅开心会有一批新书进来。我把这个时间牢牢地记在心里，逢上一、三、五，我就到那里看看新来的书。以后，这慢慢成了我的习惯。

我去阅开心多了，那里的服务员也跟我熟了。有一次，我买书的时候，要求出示会员卡。我当时恰好忘记带了。旁边一个服务员张口叫出了我的名字，让我觉得多少有点意外。

离阅开心不远的财政厅楼下新开了一家财经书店。我初听这个名字，还以为卖的都是财经类的书，进去以后才发现并不是我想象的那样。这里的书和阅开心一样丰富。我为在丰产路上连开两家书店感到兴奋。以后，我的身影不时地出现在这两个书店。

也不知道是财经书店的名字起得过了，还是别的原因，到财经书店的读者很少。他们的店员更少，最多时才三个人，一般就一个人。这点和阅开心简直没法比。阅开心有好几个服务员，财经书店经常就一个人。店员是一个二十岁左右的女孩子，圆脸大眼睛，高高的鼻梁，睫毛是修过的，涂了很浓的睫毛膏，显得格外引人注目。我拿了书过去结账。她用很轻的声音问我，她的嘴唇轻轻地一张一合，露出一口洁白的牙齿。她涂了唇彩的唇，红红的，透着光泽。她经常穿着迷你裙坐在柜台后面，我很少见她走出来。正对街的窗口有一排高脚凳，可以坐在那里看书，但我注意到，在那里看书的人并不多。财经书店的生意一直都很清淡，开了大概有一年就关门了。以后，这里变成了财政厅的阅历室。每次路过那里，我就会想起从前我从那里出来，外面是灿烂的阳光。我记得离书店不远的地方有一排白蜡树，我从那里出来，看见阳光正透过树叶的缝隙照下来。

邮　局

　　我住的地方离常寨邮局只有几十米，出巷子口向左一拐就到了。这几年，我无数次地路过邮局门口，站在它的台阶上，走进邮局的大厅。不知道从什么时候起，我忽然发现，我喜欢上了邮局的绿色。邮局的门脸都是绿色的，相比别的门脸灰不灰白不白的，它的门脸显得格外引人注目。那是看一眼，就能够让人静下来的绿。那是我喜欢的绿。

　　我经常会看见一个邮递员骑着自行车在路上走。那时候是夏天，我看见他穿着绿色的工装，双手紧握车把，两眼目视着前方。路边是白蜡树，我看见他骑着自行车从那些树影里过去，我感觉到有一股清风扑面而来。明亮的午后，我看见他的车轮在路上转着阳光，我渐渐喜欢上了那些旋转的

◎ 离书店不远的地方，有一排白蜡树

阴影。

自行车的横杠上有一个绿色的邮袋，那里面有时候装着报纸，有时候装着信件。我有时会看见邮递员把自行车支在居民楼下，或者让它靠在一面墙上，然后，他胸前挎着一个邮包挨家挨户去投递。在他返回前，我看见他的自行车一直停在那里，我看见它的影子倒在墙上或躺在地上，它那么寂寥。

我曾到邮局去寄过几次投稿信，邮局的工作人员在称了信的重量后，告诉我应该贴多少邮票，我一边贴着邮票，一边想象着这些信到了编辑手里，他们是会打开看，还是像传说中那样看也不看就扔进了纸篓。等我把信投进邮筒后，我开始想象它在路上要走多久。我觉得，我邮寄的也是希望，虽然，它有时候是那么渺茫。

从邮局出来，迎面是灿烂的阳光。我看见夏日午后明亮的阳光把路边的白蜡树照得发白，没有一丝风，白蜡树的叶子一动不动。我看见它把浓重的阴影投在地上。我看见有一个收破烂的男人躺在三轮车上，他正在树荫下歇凉。我从他身边过去，发现他好像睡着了。

我往前走的时候，忽然就听到了蝉声。正午的大街上空荡荡的，我仰起头寻找那声音的来源。我在白蜡树茂盛的枝叶间寻找。我走过一棵又一棵树。我后来到底没有看到蝉，我不知道它们落在什么地方。

夏天的夜里，我喜欢坐在邮局门口的台阶上乘凉。这里前后空旷，晚风很容易过来。一到天黑，这里就会聚集很多人。有拿了纸坐在台阶上的，也有铺了凉席躺在地上的。有三个一群，也有五个一堆，还有像我这样一个人的，更多的还是情侣。有一个夏天，我经常会在那里坐到很晚，直到人们陆陆续续地离去。最后陪伴我的是一个男孩和一个女孩。他们在离我几米远的地方小声地说话。他们有永远说不完的话，我注意他们很久了。又有一天，很晚了，我看见男孩忽然揽过女孩的肩，女孩的头轻轻地枕在了男孩的肩膀上。

已经很晚了，我站起来。我站起来的时候，看见路灯把白蜡树的影子铺在地上，我朝它走过去，路灯一下子把我的身影也拉长了。

文章发表了，我到邮局去领稿费。我把汇款单按在桌子上填写，心里甜滋滋的。给我办理取款的工作人员是个女的，年龄比我稍大一些，梳着马尾辫，白净的脸上微微施了一点淡妆。我看见她熟练地拿汇款单和身份证对照，然后用细长的手指在键盘上敲打，又将汇款单放在打印机里打印。她把打印好的单子递给我签字。她拉开抽屉点钱。她把钱递给我。她的手臂像藕一样白。

我收到的汇款单越来越多，我往邮局跑的次数也越来越多。我一次次走在阳光灿烂的午后，看见邮局的绿色门脸。它那么绿，我看见阳光移过去，把它照亮，一次又一次，阳光把它照亮。

车　站

39 路车的终点站在东明北路，那时候东明北路还很荒凉，路上几乎看不到几个人。她经常坐 39 路车来看我。

◎ 昏黄的暮色

　　我经常到 39 路车终点站去接她，从家里出来，步行走到车站，大概五分钟的样子。想到马上就要见到她了，我一路上的心情格外激动。

　　出了巷子，我看到一条长街躺在明亮的阳光下，那阳光有点耀眼，我感觉她晃了一下我的眼睛。每次，只要看到阳光，我就会有点惊喜。好像我的内心一下子被照亮了似的，走进阳光里，我觉得心里亮堂堂的，身上暖融融的。

　　我沿着长街走过去，不时地有小摊小贩往外搬着东西，长街上一时有点熙攘，我已经走到了常寨的十字街口。我在那里往右转，从南北街走过去，出了常寨北门，穿过一条马路，走到路对面的白蜡树下。我把自己藏在它的阴影下，到了这里，我开始觉得阳光有点强烈。

　　39 路车站牌空空地矗立在阳光下，每次看到它，我都有一种亲切感。我已经不记得这是我第几次站在这里了。马路对面是一面长长的墙，那面墙上攀满了葡萄藤。我一次次看见它由黄变绿，再变黄。

　　东明北路上空荡荡的，一个人影也没有。阳光正一点点往我身后的楼房上爬。有一丝风吹过来，轻轻地拂过我的脸颊，让我觉得她那么轻柔。我等了有十几分钟的样子，终于有一辆车过来了。我看见它从农业路那里转了个弯，朝东明北路开过来。我把朝那里望了很久的目光缓缓地收了回来，放在了眼前的马路上。

　　39 路车很快到了我面前，我看见从车里下来几个人，但没有她，我一下子变得有点失望。那几个人下车后就四散开了，我看见他们越走越远。他们走了以后，39 路车也跟着走了。

我又等了一会儿，39路车还没有来。我就转悠到一边，去看旁边的小花坛，还有围着它们的冬青。冬青的叶子上蒙着一层灰，显得灰突突的。东明北路很短，我一眼就能看到北边。北边是一个很大的土堆，从我站的位置，能清晰地看到土堆上长着的荒草。

又一辆39路车过来了，这次车上的乘客多了些，车一停稳，我就看见她从后排站了起来。她从后排走到车门口，由于个头高，她在那里探了一下头，她从车上下来，我迎上去，我们的手很自然地握在了一起。

过马路的时候，我要替她拿着包，她就把包给了我。我们一起走在阳光下，我的心里暖融融的，那种美好的感觉让我无法形容。

下午我们在家里。整个午后静悄悄的，偶尔有一声鸟鸣，不知道从哪里来的小鸟在我的窗户外叫一声，又飞走了。从午后吹来的风，有时会掀起窗帘的一角，我们有时会同时望过去。

下午的时光总是那么短暂，好像只是一刹那，屋里的光线慢慢暗了下来。我们坐在时间深处，有时也会忘记时间的存在。很久，很久，我看见黄昏一点一点收着她的光线。她那么认真，不发出任何声响，她不惊动我们，一点也不。

她要走了，我们站在昏黄的暮色中等车。39路车过来的时候，她松开我的手，她的手是从我手上一点一点抽走的。她的手抽走以后，我的手一下子变得空荡荡的。我开始努力想抓住点什么，我越来越想抓住点什么，直到她上了车，这种感觉一直在我心里。

故里杂忆

墁　口

我出生的地方叫墁口。我不知道这个名字怎么来的，我总觉得这个墁字不对。我们住的地方再往后走，有一个地方叫白草蔓。我就想了，我们这个墁口的墁应该是白草蔓的蔓。不过，白草蔓这个名字，我觉得也不对，怎么会是白草蔓呢，应该是百草蔓才对。我们那地方处在深山，草蔓丛生，各种草怎么说也有百种。所以，百草蔓这地方应该是说草的种类之多。至于白草，实在无法解释。我有时候就想了，这一定是以讹传讹，况且，这种事在乡下多的是，也不足为怪。

墁口很小，小得只能容下七八户人家。这是最多的时候，少的时候，据说只有两三家。其他几家是后来才陆续搬过来的。我们家是较早搬过来住的。我们现在住的地方，原来住着我们的本家，一个老头和一个老太太，两人膝下无儿无女，就把我祖父过继过来。我们家从此就在这落了户。

我们隔壁是一户姓秦的人家。听老人们说，他们家是后来才搬过来的。秦家据说是家里遭了水灾，才不得已搬到我家隔壁。

◎ 我出生的地方

我不知道那是哪年哪月的事情，我总觉得它离我很遥远。秦家隔壁的人家姓莫。莫家是老住户，很早以前就住在这里。然后就是一家姓李的，住在最西边。墁口数秦家和李家的人口多。秦家老太添了五个女儿，三个儿子。李家老太也不甘示弱，先后生了七个女儿，两个儿子。当然，这都是我后来才知道的。

在墁口，要数我们家特殊。我祖父虽然也添了五个儿女，但只有我父亲一个男孩。我的姑姑们出嫁后，我们家在墁口就显得有点势单力薄。我祖父一辈子谨小慎微，遇事爱忍气吞声。我父亲那时候还小，还很难顶起这个家。人口单了，就容易受人欺负。秦家男人，那时候担着大队干部，人前耀武扬威的，我祖父

就矮了一头。说是有一次，秦家的猪跑到我们家麦地里，糟蹋了一大片麦苗，我祖父不怪姓秦的，反倒怪我的姑姑们没照看好，逮住我的姑姑们一顿臭骂。我听到这里的时候常常是义愤填膺，总觉得祖父软了点。

秦家在我祖父那里作威作福。轮到我父亲了，他以为我父亲和我祖父一样。殊不知，成年后的父亲性格刚烈，脾气暴躁。秦家和我父亲交过几次手，一点便宜没占到，反而碰了一鼻子灰。他渐渐觉悟过来。这以后，我父亲外出创业，而立之年，已小有所成。父亲的威信在当地一下子提高了不少，我们家才算是站稳了。

墁口周围都是山，我们屋后的山，据一位阴阳先生说，是

◎ 故乡的秋

◎ 故乡的夏

头黄牛。黄牛头朝东卧着,我们几户人家刚好就住在黄牛的肚子下。黄牛用它宽厚的身体为我们遮风挡雨,为我们庇护。我就又觉得,我们这里是一个好地方。

门前是一条小河,曲折迂回,水声潺潺。水清得见底,常年翻卷着浪花。水中有鱼,都不大,我小时候常下到河里去摸。也有螃蟹,翻开小石头,就能看到它们的身影,张牙舞爪,威风凛凛。河岸边百草丛生,草中夹杂着数不清的野花,红、黄、白、紫,常见蝴蝶在上面翩跹起舞。夏天的时候,也能看到蜻蜓,种类很多,绕着河岸,不知疲倦地飞起又落下。我们常年吃的、用的水都是从这条河里挑的。很多时候,我都无法想象,假如离开了这条河,我们的生活会怎么样?

出村往北是一条公路,我出生的时候就有,我也是后来才

知道，那是一条很重要的国道。我常常庆幸这条路从村里过。如果不是因为它，我们这里指不定有多荒凉呢。有些年，我到深山里去，说起我们住的地方，深山里的人无不充满羡慕。其实，我们那里和深山里也没有多大区别，无非就是多条公路而已。我当时还没有意只到，公路对山里人而言有多么重要。这以后，我沿着这条路一步步走到了外面。很多年以后，当我回过头来再看这条路时，才忽然发觉它对我而言是多么重要。我有时候会觉得，是这条路把我带到了外面的世界。从我出生起，它就伸到了我脚下。我一学会走路，自然而然就要沿着它往前走。我们家门前的这条路究竟有多长，我到现在也不知道。也许，正因为我不知道它有多长，我才会一直这样走下来。

贺家壕

壤口往北不远是贺家壕。一条壕沟里，住着几户人家。听这名字，你可能已经知道，这个壕里一定住有姓贺的人家。没错，贺家壕这名字的确是因为姓贺的而来。当然，沟里的人家并不都姓贺。

贺家壕是我们的根，我们的土地全在那里。我的祖辈们年年扛着犁，赶着牛，去那里耕种。又从那里背回成捆的小麦，挑回成担的玉米。很多年了，我的祖辈们，一直在那条不足一米宽的小路上来来回回。

我的先人埋在那里，在一抔黄土下，他们已经睡了很多年，坟上的草青了又黄，黄了又青。

　　顺沟口的小路进去，紧靠山根，有一块地，现在已经没有人耕种了。地中间有两个土堆，由于年深日久，已不怎么明显。听父母说，这里埋着我的先人。两个土堆，埋着两个我的亲人，我从未谋面的亲人。我出生之前，他们就长眠在这里。每次路过，我都要朝那里望上一眼。很多时候，我只能看到风吹草动。

　　再往里走，过一条小桥，过几户人家，过一片竹林，就到了祖父坟前。祖父是几年前下葬的，那是在冬天，雪下得很厚，漫山遍野都被厚厚的积雪覆盖着，我踩着雪，一路哭哭啼啼把祖父送到这里。父亲跪在离祖父最近的地方，我跪在父亲身后，我们号啕大哭，泪水瞬间模糊了我们的眼睛。

◎ 祖父长眠的地方

到了第二年，我和父亲带着绳去了乱石堆。乱石堆是当年修公路遗留下来的，一大架山的石头。我和父亲小心翼翼地在石堆里攀爬，寻找着可以利用的石头。父亲计划着把祖父的坟前修葺一番。遇到光滑、平整的石头，我们就用杠子往下撬，等到了平地，再用绳绑紧，抬到祖父的坟前。

祖父的坟西边是一片青翠的竹林，我记事的时候，那竹林已经在那儿了。我们村附近就这一片竹林，村民们用竹子也都到这里来。我上小学的时候，学校让带笤帚，我也常到这片竹林里绑笤帚。但那时候，我从来也没有想过，祖父有一天会长眠在这里。后来，竹林被旁边一户人家承包了，就很少再有人到这里来砍竹子了。祖父下葬的时候，竹林已经长得蓊蓊郁郁。竹林从祖父的坟西边下来，围成一个半弧，像臂弯一样，护着祖父的坟茔。东南边，是几座大山，郁郁葱葱，山势高耸峻峭，秀丽挺拔。坟前，是一条开阔的平地，再往下，两条小溪一左一右交汇到一处，又缓缓地朝前流去。

祖父已经走远了。我再到祖父的坟上去，坟茔上已经长出了草。竹棍上扎的白纸也已经褪色，那是上坟时留下的。起风的时候，我看见它们飘了起来，发出哗啦啦的响声。

白草蔓与白草亭

这里的白草蔓与白草亭确切地说，应该是百草蔓和百草亭。反正，我是这么认为。当然，我不会反对别人依然叫白草蔓和白草亭。我有时侯想想，其实，叫白草，比叫百草更有诗意。白这个字，很容易令人联想起白云、白雪、白桦林，看看这些词吧，哪一个不是诗意盎然，好像"百"就没有这方面的功能，它只会让人联系起百分数、百分比。

这么一说，我猛然觉得，当初起这个名字的人了不得。我甚至想，他是不是故意将百草写成白草。暂且不论这个名字，单说白草蔓这地方。这里藏在深山密林里，如果不是后来修了公路，谁也不会注意到这地方。

公路修通了。印象中，好像在 1975 年左右。公路是国道，是国道当然修得不差。公路在山间伸展腾挪，左冲右突，俨然一条蛇在舞动。路基本上都修在半山腰，有的干脆从山中间劈开。山是石头山，石质很硬。可以想象，当初修路的艰难。

公路从白草蔓穿过，这地方便活泛了，便热闹了，便逐渐为外人所知了。公路修到高处，省交通运输厅在山顶建了一亭，八角飞檐，雕梁画栋。由于建得高，人站在下面公路上抬头往上看，简直像在云雾里。尤其遇到阴雨天，这种感觉更强烈。

○ 盘山公路

亭建好了，刻碑记之，名曰白草亭，盖因建在白草蔓而得名。碑文大意有两层意思，一说此地百草丰茂，自然风光优美；一说激励筑路工人逢山开路。我们当地人有另一种说法，说是此地对面的山是条龙。上面修这个亭子，目的是要镇这里的地气。有人说，那亭子就像托塔天王

125

李靖手中的塔，是专门用来镇地气的。我开始还没觉得，经别人这么一说，我再去看那亭子，果真觉得像一座塔。

我小的时候，经常到白草亭上去。站在亭上，举目远眺，四周风景尽收眼底。白草蔓就在脚下横卧，远远看见对面山上的人家，炊烟升起来了。再远处，大山层峦叠嶂，逶迤而来，又逶迤而去。

亭下四周辟有花圃，里面遍植着鲜花，多的是野菊，春夏时节，一片烂漫，惹得过往的路人纷纷驻足。特别是远路来的客人，如果随身带着相机，一定会拍几张留作纪念。

天是那么的蓝，空气又是那么的清新。山风不时地送来山野的气息，那种潮湿、甘甜的气息，你吸上一口，就会觉得舒爽无比，仿佛五脏六腑一下子就被净化了，让人有说不出的痛快。

很多年过去了，我一直觉得白草亭是我的梦起飞的地方。当我站在亭上时，我第一次看清了我生活的地方，也就是从那时候起，我强烈地渴望走出去，是呀，我怎么能安心在这种地方待一辈子呢？

柳树下

柳树下是一个地名。相传，那地方有一棵柳树，长得高大挺拔。柳树的躯干上有一洞，据说，四个人围着一张方桌在里面打牌还显得绰绰有余。由此可见那棵柳树有多大，但我到底没有见过。

虽然是传说，但我还是相信真有这么一棵柳树。不然，柳树下这名字怎么来呢？至于柳树有没有传说中那么大，我就不敢断言了。我们那里见过这棵柳树的人好像并不多，那该是多少年前

◎ 树木掩映的小村

的事了？

我一直在想那棵柳树后来是怎么从那地方消失的呢？是老掉了？我总是最先想到老。树木的生命虽然很长，但也有老掉的一天。你想它都长那么大了，会不会是老掉了？当然，它也可能是被水冲走的。那地方紧邻一条河，河虽然不大，但遇到发洪水，也是很厉害的。我小时候曾见过，洪水将一抱粗的大树连根拔起，又带走。当然，这都是我的猜想，至于它到底怎么消失的，没有人告诉我。

我想象当初人们在柳树下筑屋居住，男耕女织，繁衍生息。傍晚的时候，人们围坐在柳树下，悠闲地摇着蒲扇，天南海北地侃着农家旧事。小伙伴们围在一起，听老人们讲述着一个个神奇而古老的传说，直到月亮升起，挂在柳梢，那该是多么令人神往呢。

我小的时候，经常到柳树下去。当然，那时候柳树早已不存在了。柳树下有一户姓赵的人家，当时人丁兴旺，家里开着一个代销点，卖些杂货。远远近近，沟沟岔岔的人都到那里去买东西，无非是一些油盐酱醋。母亲便常让我去，我也乐意跑腿。几乎每次母亲都会多给我几毛钱，我就可以用它买一包瓜子或者一包鱼皮花生。在那时的我看来，那是多么幸福的事呀。

赵家有两个女子，眉眼清秀水灵，说话细声细气。两个女子，那时候都待字闺中，我每次去，都是她们帮我拿东西，隔着一个小窗户，伸出白嫩如藕的手臂。我从来不敢正眼看她们，见到她们，总是怯生生的，说话也不敢大声，常常是拿了东西转身就走。

赵家后来忽然败落了，也不知道什么原因，一下子就萧条了。那曾是柳树下最热闹的大院，永远地沉寂了起来。

龙 窝

　　我到现在也不知道那地方为啥叫龙窝。那地方的确像一个窝，在一个小山包下面，依我看，它更像鸟窝。当然了，你说龙窝也没错。谁叫我们没有见过龙呢？

　　我之所以和那个地方发生联系，是因为我的三个伯父都住在

◎初夏

◎繁花

那里。我的祖父很早以前也应该住在那里。我曾听祖父说，他还有一个哥哥。他是我几个伯父的父亲，但我从来没有见过。在我出生之前，也已经去世了。

龙窝除了我的伯父们，再没有外姓人。我的几个伯父，我较熟悉的要数大伯父。大伯父身材魁梧，心地忠厚，脸上常挂着憨厚的笑。我到现在已经记不清他的确切样子了，只记得他嗓门很大，说话的时候，脸上的皱纹常常挤到一块。大伯父后来得的好像是食管癌，在床上躺着躺着就不行了。大伯父对我很好，这使我至今对他念念不忘。二伯父一辈子未婚，生活过得十分凄苦。后来得了一场病，听父亲说，临走的时候，已经瘦得不成样子了。老鼠把身上啃得稀巴烂，他浑然不觉。当父亲给我说这些的时候，我感到特别难受。二伯父是太苦了，他一生几乎没有享过一天福。二伯父走的时候，我好像正在外地上学，也没有机会去看他一眼。我只是叮嘱父亲，多去看看他。二伯父一走，我就后悔了，我真应该去看看他的，这成了我永远的遗憾，让我每每想起来，都懊悔不已。三伯父是那种比较木讷的人，不怎么爱说话，给我的印象不是很深。有些时候，我看见他穿着一件深蓝色的旧式上衣，头上戴着一顶深蓝色的帽子在人群中来回穿梭。这是他的影子，在我记忆中的定格。三伯父走的时候，也是悄无声息的。四伯父，我从来没见过，听说他至今还生活在我们那里的某个地方。我也未去过那地方，如果有机会，我倒是想去看看他。

我的三个伯父，走的时候，年龄都不大。他们在龙窝这个地方默默地生活了一辈子，又把自己完整地交给这片土地。活着的时候，默默无闻，死后，悄无声息，仿佛他们从来没有来过。但我知道，龙窝这个地方的三座坟里，分别埋着我的大伯父、二伯父，还有三伯父。

愿他们在龙窝这个地方安息！

故园三题

道　班

我最早在村里见的楼房是白草蔓道班的办公楼。那时候，村里还没有一座楼房。道班的办公楼在我眼里就是村里最好的房子。我轻易是不敢进的，只能在背后打量它。

道班的办公楼一共有两层，十几间房子。办公楼背靠公路，建在公路拐弯处的一片空地上。楼前是一片空地，空地再往下是河沟，河沟里有水，但不大，清凌凌的。道班的大门面朝公路开，大门上方有一根弧形的钢筋，钢筋中间焊着五个圆形的铁饼，铁饼上是白草蔓道班五个字。站在大门口，能看见道班的工人在院子里走过来走过去。大院西边有一间平房，是伙房。我没进过那个伙房，对里面的情况一无所知。只是听说道班做饭的妇女是我们村的，我也没见过那妇女，我从没见她走出过伙房。

伙房门口有一个花圃，里面栽植着不少鲜花，和我在公路边见到的差不多。有一种野菊，茎秆很长，开的花有白色、粉色和红色，特别能招引蝴蝶。还有一种叫大理花，我们老家管它叫洋姜，花很大。多年以后，我看到牡丹时，忽然又想起早年我在道

◎ 公路边的野花

班看到的洋姜，它们的花朵很像。道班的工人们打了饭，有时候就蹲在花圃边，边吃边聊。

道班的工人每天早晨会准时扛着铁锹出现在公路上，他们穿着黄色的马甲，有点类似现在交警穿的马甲。他们出现在公路上一个人一段，我到现在也搞不清那一段有多长。那时候的公路还是土路，公路边堆着很多沙堆，不远就是一个。他们的任务就是用铁锹铲沙堆上的土往不平的地方垫。他们年复一年地在公路

133

上游荡，没有人比他们更了解我们那儿的这条公路，如果你要问他们这条公路有几个弯，哪个弯道最大，他们没准一下子就能说出。

我经常在上学的路上碰到他们。大部分时间，就一个人扛着铁锹沿着公路边慢吞吞地走着，他们的脚步永远放得很慢。我那时候就在想，他们这是在磨时间。等到太阳落的时候，他们就可以下班了。

有一段时间，我非常羡慕他们，我经常在放学的路上看见他们拦过路的货车。他们几乎是一拦一个准。那些货车仿佛是专来拉他们的，走一段捎一个。到最后，车厢里竟塞了好几个。他们或坐或站，因为穿着统一的马甲，又都扛着铁锹，给人的感觉格外引人注目。

印象中，道班的办公楼，我好像就进去过一次，我忘记是去干啥了。在一个办公室里面一个像是队长的人接待了我。他站在一张桌子后面，用手示意我在旁边的椅子上坐下来，我同行的还有一个大人，他凑过去和那个队长模样的递烟寒暄。我在一边无所事事就开始打量眼前这间办公室。我最先看见东边墙上的锦旗，那儿挂着几面锦旗，紫红色的锦旗上印着白色的字，什么先进、优秀等乱七八糟的东西。西边靠墙的地方放着一个洗脸架，上面搁着一个脸盆，架子上搭着一条白毛巾。这就是我对道班办公室的最初印象。那个队长模样的人一直坐在桌子后面吞云吐雾，一会儿烟雾就罩住了他的脸，他在我面前变得朦胧起来。

道班有十几个工人，负责着十几里的公路维护。我常见的有三四个人，大都二十来岁的样子，有一个络腮胡，我印象最深。

他和我们这里很多人都挺熟的样子，见了村里人都要打招呼。后来有一年，他就走了。我以后再也没见过他。

道班二楼是工人们的宿舍，但我从来没上去过。道班对面的山上有一个白草亭，是修公路时建的，我总觉得站在道班二楼上应该能看得很清楚，可惜我从来没上过二楼。

公路铺了沥青后，道班存在意义的就不大了，工人们陆续都走了，偶尔还能在大院里看见个人影。办公楼紧邻公路的玻璃不知道被谁砸了，几乎每个窗户都千疮百孔。院门口的草已经长得半人高了，也没人理，原来打扫得很干净的院子从此也沉寂了下来。我也再没去过道班的院子，只是每次从那儿过，我都会朝那个院子里投去一瞥。我也不知道自己在看什么，空荡荡的院子里再没有人声，一切都沉寂了下来。大门上方那几个圆饼已经锈得发黄，但那几个字依然清晰可见。

隧　道

从我家门前的公路出发，沿蜿蜒的盘山公路往上走，行不到五里的样子，有一个隧道，叫西安岭隧道。之所以叫这么个名字，是因为隧道所在的岭叫西安岭。西安岭差不多是我们这一段最高的岭了。站在山脚往上看，西安岭就像一条昂首的龙，天气晴好的时候，尚能看得见龙头和龙脊。天气一不好，西安岭整个就罩在了云雾中，有一种缥缈的感觉。

西安岭隧道是 209 国道卢氏通往西南山的唯一通道，通过这条隧道往西南走，沿老灌河往南可进入西峡。若一直往西，经铁

索关，过箭杆岭，可进入陕西地界。

西安岭隧道能并排通过两辆大车，隧道两壁砌得十分光滑，两边留有下水道，下水道很少有水，时间一长，里面滚满杂物。多的是树叶，有时候也能见到一个方便面盒子或一个矿泉水瓶子，但很快就会被岭西的闲人捡了去。隧道的长度我至今不知道，站在洞口隐约能看见那边一片白亮。

西安岭北属黄河流域，岭南则进入长江流域，也就是说，西安岭隧道联结了两个流域，这种现象据说放在全国也不多见。隧道以北和以南有不少区别。岭北较干燥，隧道南则相对湿润一些。北边的公路都是沿着山往上走，猛一看，像缠在山腰的一条粗绢，南边公路则夹在两山之间，沿着河沟一路往下走，越走离河越近。北边的水质多少有点发黄，南边的则有点发青。站在隧道北边往下看，一座山挨着一座山，连绵起伏。隧道南边山一直往下走，越走山越低。开始山上还有树木，越往下，树越稀少。

隧道北边靠公路边有一道洼，现在已被荒草和杂树占领了，已经看不出洼的形状。我是后来听父亲说，当年开小片荒的时候，他们一度带着镢头开到这里，还在这里种了玉米。我看着这道洼，怎么也和父亲说的联系不起来。

隧道南边紧靠公路边也有一道洼，不过这道洼要深得多，里面好像还住着人家，但我一次也没进去过。只是见有人从洼里出来，又进去，我猜想他们可能住在里边。

洼口有一间小平房，进屋有一个柜台，柜台后竖着一个货架，架子上摆着方便面、饼干等吃食，还有矿泉水和果汁。这些都是为过路的司机和乘客准备的。售货的是一个女的，好像还带着个孩子，但不知道是不是她的，我已经记不清了。她后来在代销点门口开了一个修车铺，专为过路的各种车辆补胎。多年以后，我在省报上看到关于她事迹的介绍，才知道她只有一只胳膊。她守在那儿，一干就是几十年，不知道帮助过多少司机摆脱了困境。

我到现在已经记不清我第一次钻西安岭隧道是在什么时候，我隐约记得，是在我七八岁的时候，我和班里一个同学怀着好奇心钻进了隧道。好像是没走多远，我们就开始后悔了，因为里面实在是太黑了。我们刚从外面进来，眼睛还来不及适应。周围黑洞洞的，我感觉黑暗中好像藏着无数双手和眼睛，那些手一直在我面前乱舞，我本来就有点心慌，那些手又挠到了我的心里，我的心一下子就跳开了，怦怦怦的。更可怕的是，我感觉有一双眼睛一直盯着我的后背，我不敢回头。想退出来，又怕同学嗤笑，只好硬着头皮往前走。又一会儿，我干脆闭上了眼睛。

就在我们往前走的时候，迎面忽然来了一辆汽车，我远远地听见它过来了，轰隆隆的响声特别大，我感觉它好像是冲着我来了。我想躲，却不知道该往哪里躲，心跳却越来越快了。我已经看到了车前面的两盏灯，昏黄的，只有两束光，在黑洞洞的隧道里面显得异常的诡秘。正在我不知该怎么办的时候，我那个同学忽然跑了起来，他跑得很快，等我反应过来，他已经跑出老远，我一下子慌了。

我也跟着跑，使出浑身的力气去追他，我那时候真担心他撇下我一个人独自跑了。好在我很快就追上了他。我没有问他，那会儿，我什么也顾不上了。我感觉他比我更害怕。我们继续跑，

那辆车忽然到了我们面前，一大团光一下子射到我们眼睛上，我又忙着用手云遮。我像受到了攻击一样，身子一激灵，同学也猛然站住了。就在我们愣神的当儿，那辆车轰隆隆地过去了。不过，那声音太响了，我在后来的跑动中，感觉它一直追着我，我就越跑越快。我没有再换第二口气，一气跑到洞那边，同学紧跟着也出来了。我们互相看了看，什么也没少，过了一会儿，心才安下来。

以后，我又独自一人穿过西安岭隧道，那时候，我已经不像第一次那么紧张和害怕，但我还是提着一颗心。

再往后，我经常坐着汽车从西安岭隧道里穿过，正常情况下，汽车在隧道里要走一分半钟的样子。我曾在心里默数过，西安岭在我心中已不是那么神秘和可怕，我渐渐习惯了它的黑。有些时候，父亲骑摩托车带着我穿西安岭隧道，我坐在父亲身后，紧紧地搂着他的腰，有父亲在，我什么都不怕了。但在奔跑的过程中，风呼啸着从我耳边吹过，我仿佛听见了我七岁那年的脚步声，这么多年了，它好像一直也没停下来。

代销点

离我家最近的代销点是柳树下赵家开的。赵家是柳树下的大户，那时候人丁兴旺，财源茂盛，一派欣欣向荣的景象。赵家有三座房，代销点就开在南边的一间房里。代销点不大，一个柜台后面摆着一个货架，放些油盐酱醋及一些日常用品和小孩的吃食。那时候，我们方圆几里就一个代销点，所以远远近近的人都到那里去买东西。赵家有两个女子，那时候都待字闺中，出落得像花儿一样，大的雍容华贵，小的娇小玲珑。她们两个随身带着代销点的钥匙，谁在家谁站柜台。说是站柜台，实际上她们大部分时间都在家里歇着，谁要去买东西，只能到正房里去喊。如果刚巧有人在家，你一喊，她就出来了。有时候是大小姐，也有时候是二小姐。她用钥匙打开代销点的门，站在柜台后面给你拿东西。等买家一走，她们立刻就锁上门回到正房里。

我小的时候，代销点是我常光顾的地方。母亲常让我到代销点买东西。这些东西无非就是些油盐酱醋。家里的油用完了，母亲就会让我带着瓶子去代销点打油。我也乐意去，几乎每次母亲都会多给我几毛钱。这样，我就可以用这多出的几毛钱在代销点换回一包瓜子或一包鱼皮花生。在那时候的我看来，那是多么幸福的事呀。

我家离代销点大概有二里路，中间要过一条河，河上有烈石。河对面有一条沟，叫寇家沟，沟里住着几户人家，奇怪的是没有姓寇的。寇家沟的人要出沟都要从河上过。年深日久，河上的烈石便被踩得明晃晃的。还有一个原因，河对面坡根有一户人家的院里，有些年一直放电影，方圆几里的人都到那里去看电影，所以那条河上过的人便特别多。

代销点在河对面的坡右边，过了河，沿一条小路走上几米远，上一个石头垒的台阶就到了。代销点的门朝南开，面向不远处的公路。一般情况下，代销点的门都是锁着的。两扇木门，上面挂一把铁锁，门上贴着两副对联，一边是秦琼，一边是程咬金，看上去威风凛凛的。我那时候还不怎么知道这两个人，只是从大人口中听说过，他们都是唐王朝的开国功臣。对他们的故事

是在多年后，我看《隋唐演义》时才知道。也就在那时候，我才知道这两个人都是顶天立地的大英雄。

帮我拿东西的一般都是赵家的两个女儿，只有极个别时候是她们的妈妈。那时候，她五十来岁的样子，时常穿一件土黄色上衣，有两颗牙是镶过的，和其他的明显不一样。她走路不紧不慢的，帮人家拿东西的时候喜欢问长问短，不像她的两个女儿，话从来不多。

我印象较深的是赵家的两个女儿。大女儿稍微有点胖，给人一种富态的感觉。她的脸胖乎乎的，两只眼睛很小，却非常有神。她后来嫁给我的小学校长。小学校长也是我们村的，那是一个在我看来很聪明的人。他父母过世得早，和一个弟弟相依为命。他个头不高，皮肤很白，白里又透着点红。特别是他的两个耳朵，别人的耳朵都是白的，他的则是红的。我后来在相书上看到，说这种人天生聪明。他不知用什么手段把赵家的大女儿哄到了手。听说结婚时，赵家的人还到他家里闹过一场，把蒸的馒头扔得满院子都是，弄得很难堪。赵家的小女儿皮肤白得像藕一样，笑的时候脸上有两个小酒窝。她似乎特别爱笑，有很多次，我都曾迷倒在她的笑里。我曾经想，谁要是娶了这么漂亮的女人可真有福，却没有想到她最后会跟了我表哥。我表哥家在二十里外的大山里，那些年，他们那儿出金矿，家家都比较富裕。我后来一直觉得赵家的女儿可能就是看中了这点，才同意这门婚事的。那时候，山里漂亮的女子都往外走，有的嫁到城里，最次也嫁到乡里，而她偏偏往山里走，这就让人不得不怀疑。我记得表哥到赵家来提亲的时候一直住在我们家。晚上我们俩挤在一张床上，他时常给我出谜语让我猜。我不知他哪里来的那么多谜语，我很少有猜中的时候，但他的很多谜语，我到现在依然记得清清楚楚。

我很怕见到赵家的两个女儿，每次见到她们，我的心都怦怦乱跳，看也不敢多看她们一眼，往往是拿了东西就走。如果不小心碰到她们的眼睛，我的心就会跳个不停，但她们转身的时候，我又忍不住会偷偷地看上一眼，那一眼会让我觉得特别幸福。

赵家两个女儿都有一双像藕似的手臂，我看到那双手臂把东西从货架上取下来又放到柜台上，我不敢看她们的眼或脸，但我敢看她们的手臂。她们拿完东西，手臂暂时不会离开柜台，我的眼睛跟着就到了她们的手臂上，她们的手白皙小巧，手臂上的毛细血管都看得清清楚楚。很多年过去了，我一直忘不掉她们的那双手臂。

每次去代销点，我最幸福的是拿到一包瓜子或鱼皮花生。我记得特别清楚，那时候的瓜子叫金鸡，装在一个小塑料袋里，袋子上印着一只公鸡，透过袋子，能看到一粒粒瓜子。金鸡瓜子那时候五分钱一袋，后来涨到一毛。鱼皮花生有两种，一种是黄的，咸辣；另一种是白的，外面裹着糖，甜美。鱼皮花生开始卖两毛钱一包。我总在瓜子和花生中间权衡，常常是走在路上就开始想到底是买瓜子，还是买鱼皮花生。权衡来权衡去，我觉得还是买瓜子比较划算，买一包鱼皮花生可以买四袋瓜子，我宁愿用买鱼皮花生的钱去买瓜子。买了瓜子以后，我总是舍不得吃，但我心里美滋滋的。回到家以后，我才小心翼翼地打开包装袋，慢慢地去品味。那时候总怕一下子吃完了，所以每次吃的时候都尽量放慢。

○ 初春

　　后来，柳树下的公路边又开了一家代销点，一个姓温的人家在靠坡根的地方盖了一间房。姓温的以前做过兽医，据说也会给人看病。他那一间房子分成了两块，一头是代销点，一头是药铺。自从他开了这家代销点，我就很少再到赵家的代销点去。没过几年，赵家的两个女子都先后出嫁了。赵家后来不知怎么一下子就破落了，代销点从此也就关门了。

故园拾忆

老　屋

村西头原有一座老房子，夏天里，我们那儿连着下了好多天雨，房子的后墙就塌了。我回家的时候，它已经被村里人拆掉了。原来它在那儿的时候，我还不觉得什么。现在它忽然不见了，我的心里总觉得空落落的。

我一直不知道老房子是什么时候建的，印象中，那是村里最老的一座房子。从我记事起，老房子大部分时间都锁着门。我有时候好奇，就趴在门缝往里看。屋里黑洞洞的，什么也看不见。这让我更加好奇，总想找机会进去看看，却一直没有机会。

我是后来才知道，那是老学校的房子。就在我上小学的前一年，学校停办了。我不知道老学校为什么要忽然停办，我只是感到遗憾。如果学校不停办，我就不用到五里以外的地方去上学。

自从知道老房子原来是老学校的教室，再上学的时候，我就会多留意它几眼。几乎每次看到它，我都在想，如果老学校不停办，那该有多好呀。老房子前是一片空地，但不是很大。有些时候，我恍惚听到那里传来的欢笑声。我不知道那欢笑声中有没

　　有父亲，在我的感觉中，父亲应该在那里读过书。我没有问过父亲，父亲也从来没有对我说起过。但我总觉得，父亲早年就在那里读书。

　　我姥爷是那个年代我们村里唯一的老师。我后来听村里人说，我姥爷早年就曾在这里教书。姥爷是旧社会教私塾过来的，他读过很多书，写得一手漂亮的毛笔字。从我记事起，我经常见他给人家写对联。村里的红白喜事，他永远在礼桌上记账。我至今记得他伏在礼桌上写字的情景。他一只手握着毛笔，一只手按着账本，毛笔轻轻地落下去，行云流水般地一挥而就。眨眼间，几个漂亮的毛笔字跃然纸上，围观的人忍不住叫好。他写字的时候，我有时候就盯着他的手，他的手干瘦，上面布满了老年斑，

○ 老屋

用力的时候，青筋凸起。我很难相信，这样一双手竟能写出那么漂亮的毛笔字。姥爷不仅字写得好，而且对医卜星相也很有研究。村里不断有人找他看病，让他择吉，请他相地。他虽然过得有点穷困潦倒，但在村里却很受尊敬。村里无论是大人还是小孩，见了都要尊称他一声老师。他喜欢喝点酒，上谁家去，谁家都会拿好酒好菜招待他。

姥爷从什么时候开始在老学校任教，我不知道。村里从我父亲这代人往下，一直到我们这代人，凡是读过两天书的，据说绝大多数都是他的学生。也难怪，他走到哪里，人家都喊他老师。有一次，我听一个他的学生讲，当时老学校里有三个年级，但老师只有我姥爷一个人。我不知道那时候三个年级有多少学生，我姥爷一个人能忙得过来吗？

我一直都想进老学校的教室看看。直到有一次，我看见村里一个老人拿着钥匙打开了那扇门。他打开门以后，我就跟了进去。令我没有想到的是，教室里空荡荡的，我原来总以为那里面还摆着桌椅板凳什么的。我不知道那些桌椅板凳哪里去了，我在教室里只看到一张黑板。黑板嵌在房子的东头，在一面墙上，上面有一些裂纹，像龟裂的土地。我在黑板前站了一会儿，我想起当年我姥爷就是站在这面黑板前给学生上课，我又想起他拿着粉笔在黑板上写字。他的粉笔字应该也像他的毛笔字一样漂亮。我想起他写字的时候，那些粉笔灰就在他的头上、身上、衣服上飞扬。我想起他肩膀上的粉笔灰，我想起他抖掉肩膀上的粉笔灰，接着给学生上课。我想起下面坐着的学生，我想起这中间一定有一个淘气的学生，他正在搞小动作。他以为姥爷没看见，但姥爷怎么会看不见，他站在课堂上，把什么都看得清清楚楚。我忽然

想找一根粉笔，像姥爷当年一样，在黑板上写几个字。但我找遍了教室，也没有找到粉笔。

老教室的地是土夯的，我看到地上坑坑洼洼的很不平。我就又想起那些淘气的学生，他们上课的时候，一定曾经拿脚在地上一遍又一遍地划拉着。天长日久，那地上的坑就越发明显。我还看到了墙壁上的划痕，那上面纵横交错着数不清的划痕。我不知道那是什么东西划下的，但我知道那一定是当年的学生留下来的。站在教室里，我仿佛又听到了当年的读书声。

那些学生是走了，但他们的气息永远地留在了这里。这土夯的地，有裂纹的黑板，有划痕的墙壁，到处都印下了他们的影子。我有一种感觉，这些影子就在我周围穿梭，只是我看不见他们。

就是这间屋子，当年我妗子躲计划生育，曾在这里生下了我表弟。一转眼，我那个表弟已经快二十岁了。我不知道表弟知不知道他的出生地，我想应该有人告诉过他。只可惜，他从来也没有来看过。

教室的椽子上挂着一些灰尘网，它告诉我有很久没人进这个屋子里了。我父亲后来买过一辆自行车。父亲没骑多久，就被二姑借了去。二姑骑着它摔了几跤，那辆车就差不多报废了。父亲把车子弄回来就扔在老教室的楼上，直到老教室拆掉以后，父亲才又把它弄回去。

那个拿钥匙的老人后来长期住在这个教室里，他在屋里盘了一个土炕，冬天里，他在炕洞里生着一堆火，我曾和他一起在火堆前坐过一会儿。我曾经想，他可能会在这里度过生命里的最后时刻。却没有想到，这所房子比他更早地消失在这个世界上。

○ 石磨

石　磨

　　院子里原有一台石磨，我们家盖新房的时候，父亲因嫌它碍事，就想将它移走。但放在什么地方，父亲一时还没有想好。后来，父亲听一个阴阳先生说，石磨最好是放在院外的东南角。阴阳先生说得很认真，父亲对他的话深信不疑，他果然就按阴阳先生所说的做了。我隐约记得阴阳先生对父亲说的还有话，但具体是什么，我就不清楚了。

　　柳树下原有一户姓赵的人家，当时人丁兴旺，财源茂盛，是

远近闻名的大户。但不知道为什么，没过几年，就败落了，家里的人走的走，散的散，原来赵家有一个代销点，也关门了。我是后来听父亲说，有一次，他和阴阳先生从赵家门前过，赵家的大门正对着一台石磨。阴阳先生一眼就看见了那台石磨，他转而对父亲说了这家人的一些情形。让父亲没有想到的是，阴阳先生所说和父亲知道的几乎一样。这是我亲口听父亲讲的，但我无从知道这中间的玄机。

从我记事的时候起，那台石磨就在我们家院子边放着。我一直不知道它从哪里来。后来有一次，我问过母亲。母亲说是当时和邻居一块在外面弄的。我不知道母亲所说的外面是指哪里，我对那个外面充满好奇。我不知道外面怎么就会出这个东西。母亲还说，后来这个石磨归了我们家，但母亲没有说为什么归了我们家。

这也是一个谜。

我记得那时候，石匠常到村里来。那些石匠大都长得憨憨的，不怎么爱说话，也不笑。他在村里挨家挨户地转悠，遇到谁家需要凿磨，就会停下来。石匠随身带有一个黑乎乎的包，里面装着凿磨的工具。凿磨的时候，他就会打开那个包，从里面拿出一个钎子，再拿出一个锤子，然后拿钎子放在磨盘上，用锤子一点一点地敲，那时候就会有叮叮当当的声音传来，听起来挺悦耳。我亲眼见过石匠凿磨，他们的技术一般都很娴熟，钎子在他们手里非常灵活，一会儿直、一会儿斜。他们像在精心雕刻一个艺术品似的，凿磨的时候全神贯注，不允许任何人打扰。我站在一边，只能看见不断纷飞的石屑和他不停挥动的手臂。

磨盘凿好以后，主人家会热情地招待一次石匠。石匠走的时候，还可以得到一个红布包。布包里的钱是事先定好的，石匠不用看，就装进了口袋。然后，他就会转身朝下一个地方而去。我再去看石磨的时候，只见两扇石磨盘紧紧地咬合在一起，搁在一块大石头上。那块大石头，我印象中是祖父和父亲从河边抬回来的。那时候，一场大水刚过，从上游冲下来很多石头。父亲在很多石头中间，发现了那块大石头。父亲站在河边，仔细地看了看它。父亲总觉得它能派上什么用场，但父亲一时就是想不起来。父亲最后蹲下来，用手摸了摸它。父亲在摸它的时候，忽然想到了我们家的石磨。我们家的石磨那时候正好缺少一块垫的东西。父亲就又看了看那块石头，它平整的表面，让父亲心里一动。父亲再也没有犹豫，他很快找来祖父，将石头抬回了家。那块石头就被安置在了磨盘的下面。很多年过去了，每次我看见那块大石头，眼前就会浮现出祖父和父亲把它从河边抬回来的情景。那情景我没有见过，但我能够想象得出，那么大的石头，我不知道他们费了多大的劲才把它弄回来。我闭上眼睛的时候，就看见了勒在祖父和父亲肩膀上的杠子。我看见他们咬着牙，一步步往前挪着，将石头慢慢地抬到我家院子里。从此，我家院子里多了一块石头。

那块石头抬回来了，父亲就沿着石头的边缘凿了一个槽。以后，母亲磨豆腐的时候，豆腐汁就沿着那道槽源源不断地流到桶里。石磨主要用来磨豆腐。我小的时候，逢年过节的，母亲就会起个大早，在石磨上推豆腐。我至今记得母亲推豆腐的情景。石磨的边缘有一个扣，扣上绑着一根绳子。母亲找来一根树枝，刮光了以后，塞进绳扣里，然后将准备好的黄豆倒在磨眼里，两手抓着磨杆放在胸前，一边推一边用勺子往磨眼里加水。磨盘转的

时候，奶白色的汁液就会顺着磨缝往下流，千丝万缕的。流下来的汁液先是流到石槽里，然后再顺着石槽，一股一股流进地上的桶里。

石磨旁边有一棵杏树，母亲磨豆腐的时候，我有时候会爬上杏树看母亲推磨。母亲走得快的时候，石磨就转得快。母亲停下来，石磨也停下来。有时候，母亲走得很快，石磨就不停地转动。我就开始数数，一圈、两圈……数着数着，我就数不清了。又回过头来重新开始数，没过一会儿，我就又晕了。我就想去帮母亲推磨。我原来以为推磨很轻松，直到有一次，我握住磨杆用力往前推的时候，才发现，我根本就推不动，石磨连动也不动。我有点不服气，憋足了劲，把身子躬起来，脚往后蹬，攒足浑身的劲终于让石磨转了一下。可能是我用劲过猛，紧接着第二下就泄气了，石磨纹丝不动。母亲在一边轻轻地笑了，我不好意思地站到了一边。我的力气太小了。

我就盼着自己快点长大，长大了，我就可以帮母亲推磨了。但我长大以后，那台石磨却被空置了下来。以后，我就没再见母亲推过磨。听说，村里有人买了豆腐机，拿着黄豆直接可以去换豆腐。我后来见过豆腐机，那东西只要插上电，把黄豆倒上去，只需站在一边往里加水就可以了。打豆腐又省时又省力，谁还再会去推磨？

石磨渐渐地就被人冷落了。我偶尔会过去爬到磨盘上玩一会儿，有时候在磨盘上坐上一会儿。其他时候，是没有人会搭理它的。很多年了，母亲再也没有推过石磨，但石磨周围的圆圈还在，那是当年母亲推磨时留下来的，虽然时间已经过去了很久，但那道痕迹到现在依然清晰可见。

村　路

　　村路上走过很多人，这中间，有些人已经死去，死在这条路上，或者更远的一个日子。有些活着的人，依然每天在这条路上走。他们来来往往地走，不知疲倦地走，直到有一天，他们也离开这条路，去得远远的。

　　早些年，我在这条路上碰到的人，有些我现在还能遇到，有些我就再也没有见过。谁知道他们都去了哪里呀，他们好像商量好了似的，过些年就会有一个人离开。这条路上的人本来就不多，到后来就更少了。

　　很多年了，我在这条路上遇到的差不多都是老面孔。这些老面孔，我到老也忘不掉。我差不多记得他们每个人的特征。谁脸上哪儿有颗黑痣，谁经常穿什么样的衣服，我都记得清清楚楚，偶尔也会有新面孔出现在这条路上，那是外面的来人，他们或是路过，或是来走亲戚，或是干别的什么，我与他们打个照面，有时候互相点一下头，问一声好，有时候一句话不说就过去了。过去了，也就过去了，我很快就会忘掉他们。

　　我一直忘不掉的是我祖父，到现在为止，他是我们家在这条路上走的时间最长的人。祖父是一个庄稼汉，他总是扛着锄头出现在这条路上。他在这条路上走的时候，永远迈着不紧不慢的步子。我曾经以为他会一直在这条路上走下去，可后来有一次，我就那样看着他，我看着他慢慢地走远了。他从此没有再回到这条路上，但是每个阳光明亮的午后，我都会看见祖父扛着锄头走在

这条路上，我总觉得他还没有走远。

我父亲后来也在这条路上走，和祖父不同的是，父亲没怎么扛过锄头。我印象最深的是他骑着摩托车在这条路上飞奔的情形。父亲端坐在摩托车上，两手紧握着车把，眼睛注视着前方，一踩油门，摩托车就像离弦的箭一样飞奔起来。我有时候会觉得父亲的样子很神气。父亲的摩托车是村里第一辆。他在村路上跑的时候，村里有些人就站在自家门前，他们看父亲的时候，脸上的表情很复杂。多年以后，我还记得他们当时的表情。

再有就是我的母亲。母亲后来一次次走在这条路上接我和送我。我上口学的时候，母亲就在这条路上接我、送我，直到我工作以后，母亲依然在这条路上接我、送我。这么多年了，我不知道母亲在这条路上接我、送我了多少次，我只知道母亲头上的

◎ 村路

白发在增多，一年比一年多。我曾经想，没有人比母亲走这条路的心情更复杂。年复一年，母亲一次次看着他的儿子从这条路走出去，又走回来，她的心情一定比任何人都复杂。多少个早晨和黄昏，母亲站在家门口，远远地望着村路，她希望在那里看到她的儿子。知道儿子要回来，母亲总是提前忙完手里的活计，做好饭，过一会儿就到院门口望一望。在一次次的眺望中，母亲终于看到了自己的儿子。母亲愣了一愣，然后飞快地走到村路上。

我印象最深的是，有一次，我下车后故意站在村路边，因为知道我要回来，母亲早早地就站在院门口。我看见母亲伸长脖子朝村路上张望。那时候是夏天，我的周围有一小片槐树林，它们茂密的枝叶遮挡了母亲的视线，母亲没有看到我。她在那里站了一会儿就回屋里去了。就在我往村路上走的时候，母亲忽然又一次出现在院门口。这次，母亲一眼就看到了我。她已经朝我走过来了，我看着母亲，有那么一会儿，泪水忽然就下来了。

村里的牲畜也都在这条路上走。那时候村里很多人家都还喂着牛，我就常看见村里人赶着牛在村路上来来往往。牛总是一副散漫的样子，一边走一边低头啃两口路边的青草。也有刚卸犁的牛，走起路来有气无力，主人就割一把青草掖在身上，这是要回来犒劳牛的。牛不会不知道，所以，很多时候，它连路边的青草看也不看一眼。

有些年的夏天发洪水，村路被冲毁过几次。洪水过后，村里很快就会召集人去修路。遇到这时候，几乎没有人推辞。我曾在一场洪水过后，看到父亲和村里人在满目疮痍的村路上修路，他们卷起裤腿跳进河里，把簸箕大的石头往路上推，每个人都使出吃奶的力气，身体弯得像一张弓。那时候，我就觉得，村路是村里人的命根子。

落雪无声

　　冬天的时候，我们那里下了一场雪，雪一直持续下了几天，我那时候不在家。我后来听说，那一年的雪是几十年来最大的一次。

　　我没有能赶上那场雪。我们那里下雪的时候，我在距离老家千里之外的一个城市。我所在的城市也在下雪，那些天，我天天站在窗玻璃后面看漫天飞舞的雪花。看着看着，我就想起了老家。我仿佛看见雪花正一片一片落在故乡的土地上。

　　腊月二十八，我回到老家，雪已经停了。从车上跳下来，我看见我的村庄完全被雪掩埋了。我们周围山上所有的树木都顶着厚厚的雪，远远看去，白茫茫的一片。天空压得很低，灰蒙蒙的，罩在头顶。小河完全封冻了，看不见河水，只能听见水在下面咕咚咕咚地流动。小麦也不见了，此刻，它们正在雪被下面酣睡。

　　往村里走的时候，我没有听到熟悉的狗叫声。村里静悄悄的，一个人影也没有。有那么一会儿，我甚至怀疑自己走错了地方。走到院门口的时候，我家的狗终于懒洋洋地摇着脑袋出来了。让我没有想到的是，它一看见我就抬头叫了一声。我没搭理它，继续往前走。它忽然凶相毕露，冲着我就汪汪开了，但却没

◎ 静静的村庄

敢往我身边来。母亲这时候出来了。母亲冲着狗呵斥了两声，又
扬了一下手，意思是让它到一边去。狗很听话地退到一边了。它
站在院墙边，很不理解地看着我进了屋。我把东西放下，又出来
的时候，它还站在那儿。我想上去摸摸它，它一见我走近，就跑
了。也不跑远，换一个地方，又盯着我看。这条狗是母亲在中秋
后抱回来的。秋天快要结束的时候，我回了一次家，看见它天天
依偎着我们家原来的一条大狗，大狗走到哪，它跟到哪。不知道
的，还以为它们是母子。我就问母亲原来那条大狗呢。母亲说，
卖了。我也没有多想，那条狗，据母亲说，很不好。

　　晚上闲坐的时候，母亲忽然又说起了卖狗。母亲说，父亲
用绳子绑着大狗往路上拉的时候，小狗可能意识到了什么，它跟

在后面，两只爪子耷着大狗的臀部，使劲往回扯。只可惜它的力量太小，有几次，它的爪子滑了下来，但它马上又扑上去。母亲说，它一边扯，一边绝望地嘶叫着，一直追出几百米。母亲看着不行，就把小狗呵斥回来了。谁知道，它当晚却不回家了。母亲拿着手电筒到处找，也没找到它。母亲说，有一次，她好像看见它在桑树地里晃了一下，但把电灯一打开，它就没影了。接下来连着三天，没见它回来，母亲也不知道它躲到哪里去了，母亲每天都要出去找一回，但始终不见。母亲一度以为它永远也不会回来了，没想到到了第四天，它终于回来了。我一直都想不通，它那几天吃什么。母亲告诉我，这条狗谁家也不去。它该不会是饿了三天吧？这件事给母亲的震动很大，母亲说，以后再也不卖狗了。

年前的这几天，是母亲最忙的时候，馒头要蒸，油菜要炸，饺子馅要预备。我回来的时候，母亲把过年要用的东西都准备好了。父亲很少关心这些事，过年的东西基本上都是母亲一手备的。我在家的时候，还能给母亲搭个手。我一不在家，只能靠母亲一个人。想起这些，我的心里就酸酸的。

二十九那天，母亲又说要打扫屋子。她把抹布蘸湿了，先把屋里所有的桌子、椅子都擦了一遍。桌椅上面的水还没干，母亲又忙着扫地，她把所有的旮旯都仔细地清扫了一遍。看着她从东屋转到西屋，又从西屋转到东屋，我悄悄地转过身，不忍再看她的背影。

中午太阳出来的时候，母亲把几束花拿到院子里去洗。这几束花在桌子上放得有些年头了，每年过年的时候，母亲都要把它们放在水里洗干净了，再插进花瓶里。母亲正洗着，邻居李大娘来了。李大娘是来给我们家送钱的。父亲前些日子拿了李大娘几斤核桃，给了她几十块钱，她又给送回来了。父亲在一边说，这是你应该得的，你都那么大岁数了，捡几个核桃容易吗？母亲也说，你就别送来送去了，让你拿着你就拿着。李大娘坚持把钱放下了，母亲说，等过了年，我再给你送去。母亲又让我回屋拿些我从外面带回来的糖果给李大娘。李大娘临走时跟母亲说，这钱的事，你可千万别告诉我儿媳妇，她们要是知道了，我就不好过了。李大娘有两个儿媳妇，听母亲说，一个不如一个，只知道让老两口干活，干完了，啥也不提。老两口有病，两个媳妇一分钱也舍不得花。李大娘的老伴得了偏瘫，听李大娘的口气，恐怕不远了。我决定等过了年，去看看他。还是在我上次回来的时候，有一天，我正在院子里剪香菇把儿，忽然看见李大娘的老伴从我们家门前的小路上上来。他拄着一个棍子，穿着一件深蓝色的上衣，衣服上的扣子扣得紧紧的。我记得那天的阳光很好，他从小路上上来的时候，阳光就落在他身上，明晃晃的。他走得很慢，好半天才走到我面前，我赶紧给他搬了把椅子。我从来没有想到他会忽然出现在我们家，我印象中，他很少到我家来。我估计他是得了偏瘫后才想着出来转转。他可能也没有想到我回来了。所以，他一坐下来就问我什么时候回来的。我说，昨天刚回来。他又问我在家待几天。我说，后天一早就要走。他又说了一句，这么急，就不再说话。他和我说话时，我注意到他的声音都变了，每说一句话都好像很困难的样子。他的嘴嚅动着，好半天，才慢吞吞地吐出一句话。我取了几个橘子给他剥了一个，他接过去，松开了手里的木棍，让木棍很自然地靠在腿上，然后掰下一瓣橘子慢慢地送到嘴里，他的嘴周围尽是皱纹。他的眼睛周围也尽是

皱纹。眼窝陷得很深，瞳仁有点发暗，眼光一直盯着一个地方。头发稀稀拉拉的，有点乱。脖子往下的肌肉松弛得给人感觉能掉下来，喉结突出很高。他吃橘子的时候，我看见那里在使劲地蠕动，但很慢。他用了好半天终于吃完了第一个橘子，将橘子皮小心翼翼地放在地上。我感觉他很喜欢，就又剥了一个橘子给他。他先是说，不吃了。我又让，他顺从地接了过去。他吃第二个橘子的时候比第一个更慢。他吃完第二个橘子，又稍坐了一会儿，就站起来走了。他是在挪。当他往外走的时候，我发现他的一条腿似乎不怎么管用，完全靠另一条腿来带动。我送了他一段，他让我回来。我站住，看他走远。我忽然感觉，属于他的日子不多了。

父亲一直不喜欢贴对联。每年贴对联的时候，他都说，最烦贴对联了。说归说，但他还是和我一起把对联贴上了。我记不清这是第几次和父亲一起贴对联了。以后，父亲老了，我和谁一块贴对联，我老是想这个问题。

年三十晚上，父亲又是早早就睡下了。父亲从来没和我们一块儿熬过年，也从来没有正儿八经地看过一次春晚。经常是，春晚还没开始，他就鼾声四起。母亲正在包饺子，她听见父亲打鼾，就用手指了一下父亲给我看。我看了一眼父亲，他侧身躺着，一只手放在头下正睡得深沉。父亲睡到中间，有时候会突然醒来，看一会儿春晚，过一会儿，又睡着了。父亲总好说，今年的春晚没啥意思。

每年迂年的饺子都是母亲一个人包的，我很想帮母亲一把，但我到现在也没有学会包饺子。父亲中间醒来的时候，母亲说，还烧不烧香？我不太能听懂这句话，父亲翻了个身说，明天一早烧。

　　我用盘子盛了点糖、瓜子和干果，给母亲剥了一颗糖放进嘴里。母亲一边包着饺子，一边眼瞧着电视。我的面前放着一盆火，我一会儿用棍子拨一下，但还是觉得有点冷。我在吃东西，母亲说，你起来帮我找一个硬币。我知道母亲是把硬币往饺子里包，这叫吃福。我小声地说，不包了吧？母亲说，找吧。我就起来到抽屉里翻了一会儿，找了一枚一角的硬币给母亲。过了一会儿，母亲站起来，又到抽屉里找了一枚。

　　母亲包完饺子又坐着看了一会儿春晚，就去睡觉了。剩下我一个人，我觉得很没意思。我坐在床上又看了一会儿春晚，实在瞌睡得不行，就起来把电视关了。

　　早上，母亲推门进来的时候，我还在梦里。母亲一说话，我就醒了。我听见母亲跟父亲说，我听到前院已经有人放炮了。父亲就问母亲，几点了。母亲说，快6点了。父亲就转过身来，冲我说，起吧。

　　我先起来了。父亲把电视打开又看了一会儿，才磨蹭着起来。母亲在小屋里生了一堆火。我脸没洗就跑到小屋里，用火钳夹了点火，在院子里放了一个春雷。这个春雷一放，年就开始了。春雷的声音很大，把小狗吓得钻到了里屋的桌子底下，再也不敢出来。

　　母亲下好饺子，喊我放鞭。院子里还黑咕隆咚的，我找了个夹杆，用一根线绳将鞭绑在上面，把夹杆搭在院墙上，点着了火，鞭炮就在黑暗中炸响了。现在的鞭炮越来越厉害，我只能站得远远的，看着它响完，才又过去将夹杆拿走。

　　母亲舀了几碗饺子，喊父亲端到楼上两碗，剩下的在灶爷

○ 我的父亲母亲

面前放一碗，在正堂上放一碗。我对这一切都说不明白，我也从来没有问过父亲和母亲，我只知道他们每年过年的时候都要这样做。

吃过饺子，我就一直在屋里待着，我哪儿也不想去。外面天还黑着，我不时地听见鞭炮声，这就是过年了。

中午，我到邻居家挨个转了一圈。转到李大娘家，她和老伴儿正在吃饭。屋里黑乎乎的，我刚进去很不适应。过了一会儿，才转过来。桌子上溧着两只碗，我看不清里面放的都是什么。李大娘的老伴坐在床上，手里端着一个碗，筷子停在半空。对面的地上放着一垛白菜，是这个屋里唯一的亮点。李大娘要我吃饭，我说，吃过了。她拉开旁边的抽屉，抓了几个糖，硬往我手里

160

塞，我接了一个。

回到家，我跟母亲说，李大娘两口子真可怜，大年初一，她两个媳妇，没一个喊他们一块儿吃饭。母亲说，干活的时候，生怕他们干得少，吃饭的时候，他们只能靠边站。

初二，我去看姑爷。姑爷和李大娘的老伴得的是同样一种病，他们年龄也都差不多。我走的时候，父亲说，我年前已经去看过他了，你不去了也行。我说，我还是去看看他吧。父亲没再说什么。

母亲给我准备了一份礼，我提着去了姑爷家。姑爷坐在炕洞前，他可能没有想到我会来看他，一看见我就要往起站，我把他按住了。姑奶这时候从厨房里颠着小脚也过来了，她微笑着招呼我坐下。我就在姑爷身边坐下来。坐下之前，我又起身给姑奶说，你别做我饭，我刚吃过。

姑爷手里拿着一根木棍，棍子的一头烧得乌黑，他把身子往前探了探，用木棍拨了一下炕洞里的火，又伸手到身后摸了半天，摸到一截树皮扔到火里。过了一会儿，火苗就蹿了起来。姑爷说，得了这个病想死死不了，活着又难受。我真想快快死了，也图个清静。我安慰他，千万别这么想，人上岁数了，就这样，你要想开点。我很小心地问他今年多大了。姑爷说，和你姑奶，我们一年的，八十一了。我没有想到，他竟然已经八十多岁了，我感到有点意外。炕洞外面的墙熏得黑乎乎的，房顶上的椽子也全成了黑的，上面还挂着一串串灰尘，感觉随时都可能掉下来。我们身后放着两个长条灰色柜子，上面堆着乱七八糟的杂物，有一个黑色的手提包，上面印着几个白色的字，但被灰尘遮住了，我看不清是什么字，我估计是姑爷以前去开会的时候发的，那是

属于 80 年代的东西。那两个柜子，现在农村里已经很少见了，我估计也有二三十年了。靠墙角的地方挂了几串柿子，柿子上也落满了灰尘，差点就看不出来是红色的。紧挨我身后，放着一把梯子，我记得十几年前，这把梯子就在那儿。那时候，我曾经想顺着梯子爬上去，看看楼上究竟有什么，但到底也没有爬过。

中间，我起来到厨房去了一下，姑奶正俯下身子往灶火里填柴火。我把刚才说的话又重复了一遍，提醒她不要做我的饭。姑奶用手推了我一把，说，你坐那边烤火去。我只好退了回来。一会儿，姑奶烧了一碗鸡蛋茶端了过来，我要让给姑爷喝，他不喝，姑奶也不喝。没办法，我只好接在手里。

我在喝茶的时候，姑爷又在身后翻了点柴火扔进了炕洞。他说，现在成这样了，柴火、水都弄不回来。我看了看门口的水龙头，他说，老早就冻了。他又说，年前，你表哥回来给我担了几担水，吃到现在。我说，我舅没回来吗？他说，几天回来一次，给我担一次水。我不知道该说什么。姑爷和姑奶一辈子没有儿女，我表舅是从别处抱养的。表舅在村口开了一个小饭店，不经常回来。表舅的儿子，我表哥在煤矿上下井，不知道多长时间才回来一次。所以，平时，都是老两口相依为命。

我把碗送到厨房，回来的时候，姑爷忽然说起了李大娘的老伴。姑爷说，他娘是个瞎子，没人管他，他的媳妇还是我给介绍的，当时，另外一家追得紧，他们结婚的时候，人家还来闹过一次，如果不是我，他根本就找不到现在这个媳妇。姑爷又说，他儿子的媳妇也都是我给说的媒。我知道姑爷以前是媒人，他促成了很多婚姻，包括我父亲和母亲，但我没有想到李大娘一家都是

◎ 早春

他给说的媒。姑爷最后说，我得了这病，别人都来看我，他们一次也没来过。姑爷说到这里，显得很伤心。我来的时候，父亲给我说，你姑爷现在只要一见到人就哭。我能理解他现在的心情，人到了这个岁数，又得了这么个病，谁的心里会好受呢。姑爷和我说话的时候，过一会儿就要用手擦一下鼻涕。我觉得他可能是哭了，但我没有看到。

姑奶终于把饭做好了。她从大锅上把笼端下来，我赶紧帮她接过来放在案板上。我问她锅里煮的什么，她说是清水。我看到笼背上躺着几个馒头，一盆米饭，还有一些油炸的吃食，以及一小碗菜。油炸的吃食和碗里的菜都是灰的，我不知道怎么会是那种颜色。我盛了一碗米饭端给姑爷，姑奶又追过来，往碗里放了

163

一勺白糖。

　　他们让我再吃点，我说啥也不吃，我实在是吃不下去。姑爷坐在炕洞前把那一碗米饭吃了，我看得出来他吃饭没什么问题。姑奶吃完后，转到里屋拿了一包火腿肠，非让我吃。我不想吃，就给姑爷剥了一根。

　　走的时候，姑爷要站起来送我，我让他不要起来，他还是坚持站起来，将我送到门口。走到院外的时候，我回过头来，看见他还在那里站着。

雪落大地

雪中的村庄

我居住的村庄在豫西深山里，有些年一到冬天，我的村庄就会被雪覆盖。那雪通常下得很厚，一般不容易融化，所以在漫长的冬天，我的村庄会一直被雪盖着。

在我们那里，一般过十月中旬就开始下雪。这是一年中的第一场雪，这场雪一般不会下很大，它像是在积攒力量为以后的几场雪做准备。果然，用不了多久，就会有另外一场雪。这场雪有时候会下得很大，雪片像鹅毛一样，铺天盖地地，把整个村庄裹得严严实实的。

一年中，总有一场大的雪，这场雪会让整个村庄变得异常寂静。走在村里，你几乎听不到任何声音，村里的人都躲在家里不愿意出来，甚至连村里的狗也怕冷似的蜷在窝里。平时的狗吠声听不到了。只有到了夜晚，当人家窗户上的灯亮起来时，村里的狗才又爬出来汪汪一阵子，这叫声刚开始的时候很大，慢慢地就微弱下去。很多时候，我都不明白它们在叫什么，因为村里一点动静都没有。它们可能也觉得这样叫很没意思，一会儿又懒洋洋

165

◎ 故乡的冬

地回窝里去了。

村中的小路上看不到一个人影，不断飘飞的雪花正一点一点地将小路掩埋。人家屋顶上早已是白茫茫的一片，周围的山林也是。刚刚还是光秃秃的树木，一会儿工夫就披上了银装。有小树的枝杈上因为堆了过多的雪，有一种摇摇欲坠的感觉。不时地，会有一团雪从树杈或树枝上扑簌簌地落下来。喜鹊、麻雀和老鸹这些平时村里常见的鸟，这时候也不见了，谁也不知道它们都躲到了哪里。河水早在前些日子就结冰了，所以雪落上去以后，河也就不见了。

很少再有人在这时候出门去，他们大部分时候躲在屋里。那时候，村里几乎家家户户都有土炕。他们会把炕洞的火烧得很旺，把土炕烧得很热。吃罢午饭，男人就蹲在炕洞前剥今年刚收的玉米，女人则捂着被子坐在土炕上纳鞋底或上鞋帮。即使是这样的天气，他们也不会闲着，多年来，他们已经养成了这种习惯。

后半晌，村路上出现了几个很小的身影，这是孩子们蹚着雪回来了。一会儿，这些身影又纷纷消失在村里。女人看见孩子放学回来了，赶紧跳下床去弄饭。孩子放下书包后，先到男人身边烤了一会儿火，可能是觉得火的温度不足以驱散身上的寒，很快又站起来钻进被窝。

炊烟升起来了，这是一天中最后的时光。等到吃完饭，天就完全黑了下来，偶尔能听到一声狗吠，在寂静的夜里，那声音能传得很远。

旧历年的雪

我一直不喜欢过年的时候下雪，因为一下雪，我们就只能待在家里，哪儿也不能去。但逢到过年这一天，我又特别想跑出去玩。

○ 冬日的山村

那时候过年，大人们都会为我们准备一套新衣服。那样的夜晚，我总是睡不着觉。新衣服早就叠得整整齐齐的摆在枕头边，只等天一亮就穿在身上。我一会儿用手摸一遍，生怕它忽然飞了。睡不着，我的脑海里就反复闪过我穿着新衣服站在同伴们中间神气活现的样子，那感觉好极了。

可天公不作美，早上起来，发现夜里不知什么时候飘起了雪花。房屋、树上和地上在一夜之间全变白了，村庄里静悄悄的，只有雪在无声地飘落。我积攒了一晚上的好心情因为这雪的到来，一下子变得灰暗起来。因为雪，我站不到同伴们中间，穿上这身新衣服，我的兴致也减了许多。

雪还在下，纷纷扬扬的。祖父从外面抱了一抱柴火生着了炕洞的火。我懒得在雪天出去，就搬了椅子袖着手坐在炕洞前。祖父这时候忽然把手伸进了棉衣的口袋，摸索着掏出一个布包，小心翼翼地打开。我看到几张十元的钞票跳了出来。祖父要发压岁钱了。每年过年的时候，祖父都会给我们发压岁钱。祖父把两张，有时候是三张或更多的十元钞票递给我，我接过来攥在手心里，心里觉得暖融融的。火光把祖父的脸映得通红，我看见他的白胡子抖了一下。那时候，我从来没有想过这是祖父辛辛苦苦背柴火积攒下来的。

听到鞭炮响，我走到屋外，看见父亲把一挂鞭炮点着了。我在噼里啪啦的鞭炮声中，看见那些红色的纸屑从空中落下来，最后落在洁白的雪地上，是那样的醒目。

我看见门框上都贴上了春联，那春联的颜色是那么红。春联是墨写的，那墨写的字一笔一画是那么整齐。

一群小麻雀在屋檐下。屋檐下的梁上挂有高粱，麻雀就是冲着那些高粱来的。他们趴在高粱上，啄几下，回头看一下，如果听见响动，它们又会一窝蜂飞起，有的落在树枝上，有的落在电线上，还有的干脆落在雪地上。我注意看雪地上的麻雀，等到它们飞起的时候，我看到雪地上多了一些清晰的爪痕。

河对面有一棵核桃树，两只喜鹊站在那里，顶着一头雪。我回屋里了一会儿，等我出来的时候，发现它们还在那儿。

我一直在等着雪晴了再出去玩，等到中午雪还没有停的意思。下午，我出去的时候，雪还在下。

这是从前的雪，那时候我对雪总有一种偏见，但现在我却越来越盼望过年的时候能够下一场雪，只可惜有几年没看到了。

冬日素描

风。冬天的风似乎比别的任何季节都多。整个冬天，无论在哪，好像都能遇到风。夜里的风往往到早晨还没有停止。它好像根本没有停下来的意思。我知道秋天正一点一点被它吹远，树上的最后一片叶子，最后一点金黄，我知道它们都将被风吹远，吹到我看不到的远方。

仿佛就在一夜之间，夜里的风带来了冬天。清晨，我看到人们穿起了厚厚的棉衣，围起了围巾。在狂风中，我看见他们把头慢慢地缩向自己的身体。我看见他们被风吹起的头发，我看见那些头发在风中飞扬。

我想起刚刚过去的那个夜晚，我躺在床上，听着屋外的风声。我听到风吹过来时掀动门窗的声音，我听到风把门框吹得哐

© 雪落大地

当哐当响，我那时候真担心它会把门窗掀下来。

我想起从前的夜晚。那个夜晚也有风，那个夜晚的风也像刚刚过去的这个夜晚一样。不同的是，那个夜晚的风要干净得多。从前的夜晚，我躺在床上。我一次次听着屋外的风声。那个夜晚，我听到狂风吹折树木的声音。那声音是那么清脆，它震颤着我幼小的心。很多年过去了，那声音还留在我的耳朵里。

雪。第一场雪下来的时候，我正躺在床上。屋外有很大的风，我听到风把雪粒子吹过来打在窗玻璃上的声音。很长一段时间内，我的耳边一直响着一个声音，那就是雪粒子不知疲倦地敲打窗玻璃的声音。

我已经睡着了。也不知道从什么时候起，我忽然对雪失去了兴趣，但我经常会想起我小的时候。我不知道那时候我为什么会对雪花那么感兴趣。我一次次看见自己在我的童年伸着两只小手去捧雪花。那时候的雪花是那么的晶莹剔透。可惜，这样的场景，在以后的很多年里，我再也没有见过。

我记忆中的雪多下在夜晚，在夜深人静的时候，它们悄悄地将大地覆盖。虽然我看不到，但我总觉得我听到了它们扑簌簌落下的声音。我喜欢这种声音。

第一场雪落下来以后，冬天也就真的来了。我不知道一个人的一生会经历多少次这样的第一场雪。很多年里，我们常常将它忽略，仿佛它跟我们一点关系也没有。

阳光。冬天的阳光是浅薄的。它照在楼房坚硬的外表上是浅薄的，它落在地上，它一点一点移过雪中的草地，它轻吻雪的额头。它爬上树梢晚着风。它站在楼群的阴影里。透过窗户，照进某户人家的客厅。沙发、茶几、午后的女人。口红、纤手，她呷了一口茶几上的咖啡。它是浅薄的。晃了一下，一天的时光就过去了。

　　我在熟悉的路上走，路边是悬铃木。我喜欢把自己藏在它的阴影里。我有时候能从上面闻到森林的气息。我走过一棵又一棵悬铃木。我有时候觉得自己像走在森林里。阳光好的时候，我看见阳光从悬铃木的树叶间隙漏下来，洒了一地的金黄。我爱往那些金黄里走，我一次次往那些金黄里走，我让那些阳光也落在我身上。我让自己的身上也披一层金黄，我已经走远了，但我总忘不了那时候的阳光。

回乡杂记

暮 色

  汽车出城以后，我一直盯着窗外。窗外的公路边是两排高大的杨树，排得整整齐齐。树叶紧紧地簇拥着，有种密不透风的感觉。公路旁边是麦地。现在，麦子已经被人收走，只留下麦秆在地里。偶尔能看见一两只鸟，从麦地里忽然飞起又落下。麦地的边缘有一些苹果树，相比公路边的杨树，它们显得要矮小得多。再远处是山，大都光秃秃的，在暮色中显得特别凝重。再走一会儿，汽车拐一个大弯，慢慢钻进山里。和我先前看到的山不同，这些山上布满了高矮不齐的植物，显得郁郁葱葱。我努力去辨认它们。虽然这些植物我大部分都见过，但我却很难叫出它们的名字。汽车夹在山中间，山风迎面吹来，凉丝丝的。空气也变得新鲜了，每吸一口，都觉得舒爽无比。公路是沿着河走的。天旱了有一段时间了，河里的水量明显地减少了。

  沿途经过了很多村庄，每个村庄都显得死气沉沉。我不知道村里的人都到哪里去了，我很少看到人们在村里活动。汽车从村边或村中间穿过的时候，路上连一条狗都没有。

○ 暮色

　　汽车再往前走，天渐渐暗下来，窗外的景物慢慢地也开始变得模糊起来。山腰上不知什么时候多了一层薄雾，有云一样的东西在缠绕，似乎要把整座山都缠起来。山上的植物也已经看不真切，只能看到黑乎乎的一团。风比先前更大了，也更凉了，吹在人身上冷飕飕的。我一下子抱紧了双臂。

野　花

　　我一眼就看见了公路边的野花，但我叫不上它的名字。它长在公路边的斜坡上，周围被一大片绿色植物簇拥着，那些植物，我也很难叫出它们的名字。野花有两种颜色，黄色和白色，以黄色的居多，白色的则寥寥无几。花朵很小，中间有一个鼓起的花蕾，圆圆的。花瓣中间有缝隙，但不是很大。整个看起来，有点像浓缩的向日葵。它长得很高，茎秆细长，我站在它身边，它差不多和我的腰齐。

下午，我又在河边看到了同样的野花。我仔细看了看它的叶子，发现它和任何别的叶子都不一样。它的叶子不大，边缘的锯刺很不规则，有点像盾牌，大小也很不均匀。我不知道它怎么长得那么奇怪。

阳光很好，我看见几只蝴蝶在飞舞。

◎ 野花

螃　蟹

下午我到河边去，看到一只螃蟹。我用木棒按着它的螯，把它捉了。捉它的时候，我还有点心悸。小时候，我曾被螃蟹夹过。以后，只要看到螃蟹，我多多少少都会有点顾虑。

我用手捏着螃蟹的螯，我感觉它在使劲。那一对大钳子总想趁机夹住我，我就是不给它机会。有一次，我看见它实在有点急了。索性，让它这个钳子夹住那个钳子。但它很快就发现上当了，死活也不肯用力。它的脚胡乱蹬着，脚尖扎了我两下，但力量太小了，我几乎感觉不到。它的壳发黄，中间有点绿，估计是它长时间钻在石头地下沾的水藻。我用手按了按它的壳，硬邦邦的。

它在我手里折腾了一会儿，没劲了，就安静下来。我把它翻过来，马上看到一片白。我又看了看它，就把它放进了水里。要是搁在以前，我可能会把它的腿掰下来，嚼几口，再吐出来。但现在，我忽然有点怜悯它。

看见它重新回到水里，我想起，很早以前我曾在同样的地方捉过一只螃蟹。我记得那次我捉住的螃蟹和今天我捉的几乎一模一样。不知为什么，我总觉得，它就是我那次放的那只。

槲　包

中午和母亲在家里包槲包。槲包就是槲叶包的粽子，在我的记忆中，差不多每年端午，母亲都要为我们包槲包。

母亲准备了大半盆小米，她把淘好的小米掬起来放到蘸湿的槲叶上，然后放上大枣和板栗，最后再灌上点淘米水，包好了交到我手里。等母亲包好两个，我就把它们合起来，用绳子捆到一起，堆在另一个盆里。

母亲在忙。我忽然想起，有些年没和母亲一起上山摘槲叶了。我在家的那些年，每年端午前，我都要和母亲一起到附近的山上去摘槲叶。今年，母亲身体不好，就没有去。母亲说，今年的槲叶是二姑送的。母亲怕不够，就让父亲又买了两把。母亲告诉我，今年的槲叶卖到两块钱一把。

竹叶青

端午节的早上，母亲熬了一锅竹叶水，我忽然就想到了竹叶青。以前，好像有白酒叫这个名字，我不知道现在还有没有，我也没有喝过。但我很想用竹叶青来命名母亲熬的竹叶水。

端午早上的竹叶能治病，这是母亲告诉我的。我猛一听，还有点不敢相信。但转念又一想，既是母亲说的，肯定会有来

◎ 清澈的小河

由。我没有问母亲，但我感觉这一定是上辈人流传下来的。母亲还说了几种草，我只记住一种——车前草。这种草，本来就是中药。

我原来以为竹叶青会很难喝，但我喝过以后才知道，什么怪味都没有。竹叶青到了嘴里倒是有一种很清爽的感觉，我就一口气喝了两碗。

野樱桃

下午我还在离我们家不远的地头发现了一棵野樱桃树。树不大，掩映在草丛中，树上挂满了成熟的红樱桃，这是我没有想到的。

我在那地方站了一会儿，我记得这地方好像没这棵野樱桃树。我不知道它是什么时候长出来的。我在家的时候，经常会到这儿来，怎么一点也没有发现。

看着满树的红樱桃，我怎么也不舍得去摘。它们掩映在绿叶下，在午后的阳光下，是那么的美丽。有那么一会儿，我甚至觉得，我好像在梦里一样。

后来，我还是摘了几颗野樱桃。我有点迫不及待地把一个放进了嘴里。咬过之后，我才知道，涩得要命，但我还是把它咽了下去。

○ 野樱桃

山间夏日

蝴　蝶

　　蝴蝶飞来时，喜欢停在母亲的菜地里，我注意这个已经有很久了。

　　院外是母亲精心开垦的一片菜地，母亲在菜地里种了黄瓜、西红柿、茄子、豆角、辣椒等蔬菜。夏天里，母亲的菜地里黄的花、白的花竞相开放，蝴蝶最爱往这些花上停。

　　通常是一只蝴蝶，白色或黄色，极少时候是黑色或紫色，从阳光下翩跹而来，飞过我家门前的小路，飞过母亲亲手筑的篱笆，再往前飞擦着菜地里那些鲜亮的绿叶，轻飘飘地落到一朵小碎花上。

　　在湛蓝的天空下，在阳光灿烂的午后，它的样子美极了，潇洒极了。

　　我常常在一个角落里，默默地注视着蝴蝶的这种飞翔，很多时候，我都为它而陶醉。

山间夏日

蜻　蜓

有一年夏天，我们那里忽然飞来了大批蜻蜓，这在我们那里是从来没有过的事。

母亲去河边洗衣服回来时看见了，数不清的蜻蜓嗡嗡乱舞。母亲仰起头东看看，西看看。母亲自言自语地说，哪里来这么多旱蜻蜓。

母亲在院子里搭衣服，那些蜻蜓就在不远处兀自飞着。母亲一次次抬头看过去，母亲心里的疑问越来越大。

我也看见了，但我从没有见过那么多的旱蜻蜓。我注意观察它们时发现，它们比我在河边看到的蜻蜓要大上一倍还多，它们的身躯也比河边的蜻蜓粗壮多了。但是它们的翅膀看上去却很小，还不如河边的蜻蜓大，更重要的一点是，它们不如河边的蜻蜓那么漂亮，飞翔时也没有它们那么轻盈。

我老把它们想象成蝗虫，我曾听一个年长的人跟我讲过，历史上有一年蝗虫泛滥，庄稼全被毁坏，饿死成千上万的人。这个事给我的印象很深，让我老是误以为这些不速之客就是蝗虫。

那年夏天，我总是担心有什么灾难将要降临人间，我每天都提心吊胆。

西　瓜

卖瓜的来到村口，我大老远就听到了吆喝声。母亲也听到了，她从厨房里走了出来。

到处都是白花花的阳光。母亲手搭凉棚朝村口的方向看了看，又看了看，才喊我带着一兜大豆去换瓜。

卖瓜的是小夫妻俩，开着一辆小四轮拖拉机，以前的夏天我见过他们。他们每年夏天都要到我们这儿来卖瓜，男的戴个草帽，上衣敞开着，隐约看见一撮胸毛，他的后背湿透了，紧贴着身子。我看见他的时候，他正拿着草帽使劲扇着。女人黑黑瘦瘦的，穿一件花格子衬衣，也被汗湿了。她站在一边给男人做帮手，称大豆，撑口袋，挑瓜，过秤，他们两个配合得又默契又利索。

我抱西瓜回家的路上，心里甜滋滋的，好像我已经吃上了西瓜。

隔日，我又听到了熟悉的吆喝声。

苹　果

正午日头最毒的时候，我们从河里出来，悄悄地摸到亢医生家房后。

亢医生房前屋后有一片果树，有杏，也有梨和苹果，已经有些年头了，我们总爱偷偷摸摸到那里去。虽然我们知道亢医生早就搬到前村去住了，家里老锁着门，但我们再次去依然是小心翼翼的，生怕他哪一次忽然在家。

离亢医生房后就剩一个小土坡了，我们趴在地上听听没有什么动静，才又匍匐着往前走，心却怦怦地跳个不停，我总是担心亢医生忽然跳出来把我们捉住。

终于到亢医生家的房后了，我们惊喜地看见他家房后的苹果树上挂着几个拳头大小的青苹果。那青苹果诱惑着我们，它藏在茂盛的枝叶后泛着青莹莹的光，我们越看越想把它弄下来。

我们先是找了一根桦栎树枝往下打，打不着的时候又开始拿石头敲。我们一手攥几个石头，选一个位置，眯缝着眼拿石头敲。我们明明已经看准了，可掷出去的石头总是打偏。有一次，眼看已经擦着苹果旁的叶子了，却还是没有够着苹果。我们不死心，继续敲。后来，我们终于敲下来两个苹果，眼看还有一个最大的，我们却怎么也弄不下来。

捧着两个青苹果，我们像捧着什么宝贝，回来的路上心里甭提有多高兴了。可是，等到我们去吃时，却发现我们拿的青苹果根本就是涩的。

葡　萄

还有一年夏天，母亲不知道从哪里弄了一棵葡萄树种在院子里。

母亲的葡萄树小得可怜，刚种上的时候，只有稀稀落落的几

母亲亲手种下的葡萄树

片叶子，还都是嫩黄的，好像一阵风都能把它们吹掉，再或者天如果旱一点的话，它们说不定就蔫了。

我有一段时间挺担心母亲的葡萄树的，但它却一直没什么起色，母亲栽上它很久以后，它还是没有什么变化。

那年夏天，我一直都在盼着母亲的葡萄树长高长大，攀上院墙，给我们家院子里搭一块绿荫，这样，我就可以坐到葡萄藤下了。母亲不知道，我在城里看到人家院子里的葡萄藤时，我就有这个想法了。我想象着一家人围坐在葡萄藤下吃晚饭，傍晚的凉风吹过，月亮慢慢地升起来，那感觉该有多好。

这样的情景到底没有出现，那年夏天，母亲的葡萄树到底没有长大。

◎ 院墙上的丝瓜

丝　瓜

　　有一天，我发现母亲在院外种的丝瓜攀上了我家院墙。它的触须弯曲着，抓着砖砌的院墙正一点一点往上伸展。

　　再过一些时候，这些丝瓜秧已经伸到了我家院子里。母亲一慌，就开始给丝瓜搭架。

　　母亲的丝瓜架搭好没多久，就被丝瓜秧缠满了。它越缠越满，我惊讶于它的长势。很多时候，我都无法想象，它那细弱的样子，怎么会伸展得那么快，但我并不讨厌它。相反，我感谢它

为我家院子里带来的绿意。自从它来到我家院子里，我每次一出门就能看到那鲜亮的翠绿，它像一泓泉水一样流进了我的心里，使我一整个夏天都能感到清凉。

还有一点需要提的是，这些丝瓜秧上很快就结了很多丝瓜。母亲就摘了那些刚长出来的嫩丝瓜给我们做菜，那种味道又鲜又美。

野　草

出门的时候，我看见路两边被野草护住了，我没有注意，它一下子竟然长这么高了。

◎ 野草

野草总是和人抢路，它老想趁人不注意悄悄地将人走的路占住。而人呢，好像有意无意也和它较劲。野草越想往路中间长，人的脚就越是往上面踏。踏来踏去，到底还是人的脚厉害，硬是把野草挤回到路边。路边就路边吧，野草就那么站着，看着人的脚来来往往。

也有一些野草喜欢长在院墙边，就那么一根或者几根贴着院墙边，兀自生长着，大有一种与世无争的感觉，它们给人的感觉就很好，很少会有人过去拔它，所以它能在那里自生自灭。

更有一种草，喜欢高高在上。它们喜欢长在瓦屋的屋檐上，在瓦缝里，它们一个夏天也长不多高。起风的时候，它们跟着风摇摆。它们的样子虽然动人，但却很少有人会去注意。

最后说到庄稼地里或苹果地里的野草，它们因为长得不是地方，很容易被人拔掉或锄掉扔在路边。看着它们被晒焦的身体，我总会想起很多。

野　花

路两边的野草中经常会夹杂一些野花。这些花，各种颜色的都有，开了败，败了又开，一个夏天谁也不知道它究竟开败了多少次。

我曾试图叫出它们的名字，可是我发现，我几乎很难叫出它们的名字。一些我不知道名字的野花年年夏天来到我必经的路旁，就像是为了某个约定。可是，你知道的，我们谁也没有和它

○ 不知名的花儿

约过。

很多次，我看到蝴蝶飞来了，蝴蝶停在上面。我又看到蜻蜓飞来了，蜻蜓停在上面。它们停在上面又飞走，飞走了又来。野花只是轻轻摇一下头，或者点一下头。它的样子是那么轻，轻得就像我慢慢移过去的目光。

野　果

夏天成熟的野果有很多，我没有去统计过，我只说我见到的两种。

我最早见到的是野草莓，这种野果我很多年前就认识，在我的印象里，我们那里的山坡上有很多。野草莓的样子圆圆的，可能是因为像和尚头吧，我们那里也管它叫"和尚帽"。

夏天里有一次，我在我们家附近的地边发现了一棵结了果的野草莓，每一颗都鲜红晶莹，我摘了一颗放进嘴里，紧接着又摘了一颗。我自己也没有想到，我竟一下子吃了六七颗。那可能是我吃野草莓最多的一次。老实说，野草莓的味道并不是很好，也不怎么甜，但对这种自然赐予我们的果实，我还是欣喜无比地愿意接受。

还有一次，我在距离发现野草莓不远的斜坡上发现了一株野樱桃。当时是正午，阳光白花花地落在野樱桃的绿叶上。在绿叶

○ 野果

的映衬下，一粒粒鲜红的野樱桃显得格外惹眼，也格外美丽。我被深深地吸引了。那天，我正好带着相机，就随手拍了几张。拍完后，我才开始品尝这大自然的恩赐。这意外的发现很长一段时间都留在我的脑海里。

到树林里去

　　我家的房前屋后都是树林，很多时候，我不用出门就能看到树林。

◎ 我家房后

○ 树林

　　我记得很多个早晨或黄昏，我常常站在家门口把目光投向树林。早晨，我看到太阳把它的万道金光洒向树林，沉寂了一夜的树林慢慢地由幽暗变得明亮起来，树木的叶子在晨风中微微地抖动着，迎接着刚刚跳到它们怀里的阳光。树丛渐渐变得光明，地上的草丛也一点一点亮堂起来。一会儿，整个树林都被照亮了。黄昏时，我看见太阳一点点收去它的光线，从树丛到树身，再慢慢地到树梢，它的光线一点点微弱下去，由最初的橘黄淡化到明黄再到最后的淡白，以至彻底消失。然后，整个树林一下子幽暗起来。

　　那时候，我家还喂着一头牛。我经常在半下午时赶着牛到树林里去。牛在树林里吃草时，我会找一片松软的草地，背靠一

棵树，或躺或坐，一会儿看山脚下的屋舍，一会儿看蓝天上的白云，那是我在树林里最惬意的时光。

偶尔地，我还会在树林里发现一些野果，比如桑葚、野草莓、野樱桃，等等，我小心翼翼地把它们摘下来放进嘴里，也不管它是甜是涩，那种幸福的感觉很多年后还留在我的记忆里。

放牛的时候，我有时还会在树林里遇到一些小动物，它们都是些乖巧可爱的东西。比如松鼠，这种有着一条毛茸茸的长尾巴的家伙，它们用前爪捧吃东西的样子实在是可爱。再比如野兔，它们一动不动蹲在草丛里的模样实在乖巧，只可惜它们太机灵了，每次不等我靠近，它们就逃之夭夭了。

有几次雨后，我在潮湿的树林里发现了一大片鹿茸，它们长得齐刷刷的，像鹿角一样。我轻轻地把它们从腐叶或树根处拔起来带回家。母亲把它做成菜给我们吃，我经常会从那些菜里嗅到树林潮湿的气息。

树林里还有各种各样的蘑菇，有大有小，有白色、红色，还有灰色，大都是伞状，有些看起来非常美丽，但这些蘑菇是不敢摘的，据说它们中很多都有毒，毒性强的，可在短时候内致人死命。所以，我每次看到这些美丽的东西都有点害怕。因为害怕，我有时候会把它们用脚一点点踩碎。后来我发现，树林里有蘑菇的地方都是一片狼藉，蘑菇被脚踩得稀烂，我才知道，原来大家都这样。

我也是很久以后才明白，对于有毒的东西，人们总是想除之而后快。

到河边去

我喜欢到河边去，这习惯从很多年前开始就养成了。

小时候，我一次次看见母亲抱着大盆小盆的衣服从河边上来。母亲为了我们能穿上干净的衣服，就一次次地往河边去。

几乎每天，母亲还要到河边去挑水，家里的水缸空了，母亲就会到河边去。我经常会看见母亲挑着满满两桶水从河边上来。

○ 门前的小河

○ 夏天的河滩

桶里的水晃晃悠悠的，它们有时会洒出来，在母亲身后留下一道水线。那时候，母亲是往河边最多的人。

不记得从哪个夏天开始，我每天午后太阳最毒的时候开始往河边跑。跑到河边跳进水里，把自己整个地泡在水里，泡进去以后我就再也不想出来了。

水里的感觉真好，但那一次，我显然忘记了河边的母亲。

汗滴禾下土

我见过夏天正当午在田地里劳作的人，陪伴他们的是一顶圆圆的草帽。一顶已经戴了不知道多少年，缺了一角的

◎ 夏日的山村

草帽。草帽下藏着的是他们古铜色的皮肤，是布满深深浅浅沟壑的皱纹，是瘦得高耸的颧骨，是深陷进去的两颊，是汗水在他们脸上冲刷后留下的长长的痕迹。这汗水顺着他们的额头慢慢地流过他们的脸，滑过他们的脖子，淌进他们的胸膛。这汗水有时候也大滴地滴在他们手握的锄把上，滴在田地里。如果这时你在他们刚刚翻过的泥土上发现一个坑，那一准是他们的汗珠滴下时砸开的。他们就是这样，用一串串的汗珠在夏天的正午，在正午炙热的阳光下，让一棵棵本来已经晒蔫的禾苗感动着。

我们是像我祖父那样的一群人。不知不觉祖父离开我们已经十多年了，但每次我在夏日正午的骄阳下看到那些劳作的农夫，我就会想起他。

晚　霞

太阳落山以后，西边的天空出现了晚霞。晚霞很快又映红了西边的天空。

我注意观察过，刚出现的晚霞一般是橙黄的，有着太阳的颜色，仿佛是太阳落山前，慌忙中褪下的镶着金边的衣裙。稍过一会儿，它的颜色会变得十分丰富，慢慢地由黄变红，再变深红，也有时候干脆变得像血一样红。

我总觉得，晚霞出现的时候可能是一天中最美丽的时刻。不停变动着的晚霞把西天涂抹得异常美丽，就好像一个涂了胭脂正准备出嫁的新娘，她的脸颊上飞着两朵红云。那红云里带着点羞涩，又隐隐露出一点笑意。你说美丽不美丽。

○ 晚霞

晚霞满天的时候，通常也是炊烟袅袅，也是牛羊回圈，鸟雀归巢的时候。一群牛儿哞哞叫着从山上下来，一群鸟雀叽叽喳喳在树枝上飞来飞去，小河水在哗啦啦地流着，想想这一切，那该是多么美妙的时刻。

母亲常常依靠晚霞来判断天气。我至今记得她在每个黄昏到来时站在我家院子里抬头望晚霞的情景。我注意到，母亲判断得非常准确。

很多年里，母亲一直这么做，但我自始至终没有搞明白母亲的依据是什么。